JN305972

ん、お借りします

和泉桂

幻冬舎ルチル文庫

CONTENTS ✦目次✦

花婿さん、お借りします ✦イラスト・花小時朔衣

✦カバーデザイン＝タカノリナ（Kaimana Works）
✦ブックデザイン＝まるか工房

花婿さん、お借りします

「先生の本、売れないんです」

都内の某私立大学文学部在学中にとある文学賞を受賞、作家デビューして早五年。

これまでずっと二人三脚でやってきた担当編集である玉崎雪子《たまさきゆきこ》の言葉に、萩島響《はぎしまひびき》はつい癖で眼鏡《めがね》のブリッジを押し上げる。

女性の年齢を聞くのは恐ろしくて正確なところを尋ねた経験はないものの、話題などから推測するに雪子のほうが三つくらいは年上になるはずだ。

「えっと……何ですか？」

聞こえなかったことにし、響は有機アイスコーヒーの入ったグラスにストローを突っ込んで忙《せわ》しなく回す。

「ですから、先生の本は売れません」

だめだ。何を言っているのかさっぱりわからない。

自分の耳か、日本語の読解能力か、そのどちらかがおかしくなったのだろうか。

うん、そうとしか思えない。

「もう一度いいですか？」

そういえば、今日はすべてが変だった。

朝からドアにぶつかって鼻を強打して鼻血が出そうになったし、マンションのエレベータがなぜか水浸しで転びそうになった。

そのうえいつもは一昔前のヒッピーのような自由すぎる服装でやって来る雪子が、今日に限ってはぴしっとしたスーツ姿で現れたのだ。

言うなれば、軍服や戦闘服のような本気度の高い服装だ。

しかも、聞かされていた待ち合わせ場所はいつものカジュアルな雰囲気のカフェではなく、都内の一流ホテルの喫茶室。

ほかの客層はいかにもマダムっぽい着物の三人組。高級そうなスーツのビジネスマン。

取材のついでだろうかと思って響もはき慣れたスニーカーではなく革靴《かわぐつ》だったし、いつもの服装よりも若干グレードアップしたブランドもののポロシャツにデニムという格好で打ち合わせにやって来たが、それでも軽装だった。

雰囲気に呑《の》まれてしまいそうだったし、そもそも雪子との戦闘力に差がありすぎる。

雪子の攻撃を防ぎきれるかどうか、自信がない。

「何度言っても同じですよ。先生の本は売れないんです」

三度目の正直というやつは、心に突き刺さる一撃だった。

完全にフリーズする響を一瞥《いちべつ》し、あたたかなハーブティーで喉《のど》を湿らせた雪子はさらに残酷な台詞《せりふ》で畳《たた》みかける。

「デビュー作の『未熟な心音』は三十万部突破。大きな賞を受けたわけではありませんが、大変好調な作品でした。ですが、あれから五年、発表したのはハードカバー二冊と雑誌の短編一本。エッセイと書評で食いつないでいて、単行本もすべて文庫落ちさせてしまい印税収入もこれから期待できない」

「……はあ」

どうしよう、本当のことばかりを滔々《とうとう》と告げられるとまったく口を挟めない。

響の職業はいわゆる純文学系の小説家。就活もろくにしないまま専業作家になった。

執筆するジャンルはもっぱら恋愛小説で、透明感のある描写が特長と言われており、主な読者層は二十代の若い女性となっている。

とはいえもともと考え込む性質からか寡作《かさく》で、作品は年に二冊、あるいは一冊発行すればいいほうだった。

「ちょうど半年前でしたよね。『七月の雪』は評論家の受けもよかったですが、結果は惨敗。初版五千部のうち断裁した本が……この冊数、お聞きになりたいですか？」

どこか鬼気迫る表情で言われてしまって、響は慌てて首を振った。

そうでなくとも臆病なせいで、友人からは蚤《のみ》の心臓と言われているのだ。ここで決定的な死刑宣告を受けてしまえばそれこそ立ち直れない。

「そうでなくとも若い女性は本を読みませんし、そもそも先生は読者層の移行ができていないんです。いつまでも読者の年齢を二十代前半に設定していたって、若年層の人口減少につれて読者も目減りしていきます」

「……はい」

「何よりもこの出版不況です。仕掛けがなくては本が売れません。先生の場合はビジュアルが売りでしたけど……」

出版不況という言葉を聞いて久しいし、そもそも自分の新作の初版部数が五千部だったことからして、もう数年前とは状況がまるで違うのだなという実感はあった。

しかし、ここまでのっぴきならない状況だったとは。

……ん？

「ビジュアル？」

つい、そこに突っ込んでしまう。

内容ではなくて、自分の場合は見た目が売りだったのか？

「ええ。デビューしたての頃は、可愛《かわい》い新人小説家で通っていましたけど。その先生ももう二十七。ばりばりのアラサーです。いつまで経っても可愛いだけでは無理があります」

男性なのに容姿で客を引っ張るのは無理があると思うものの、ネットなどではなかなか評判がよかったのは事実である。

奥二重の目と、ぽってりとした小さな唇。顔立ちはどちらかというと和風なので、髪もカラーリングなどをしたことは一度もなかった。

身長は一六五センチあるのだが、顔立ちも手伝ってあまり長身には見えないようだ。むしろ、内向的で他人とのコミュニケーションが苦手なことも手伝って、いつもあわあわしているような小動物っぽい立ち居振る舞いが可愛いと言われることはままあった。

雪子のようにある程度慣れた相手とならきちんと会話もできるが、初対面の人物はどうも上手《うま》く慣れない。

それで、雪子たちの戦略に乗って積極的に顔出しする方針で売ってきたのだ。おかげで、二、三年前までは書店などで突然サインを求められることもままあった。女性だけでなく男性のこともあって、それなりに誇らしかったけれど、今じゃ書店にいたってただの冴《さ》えないオタクの一人にしか見えないのだろう。書店員だって気づいてくれない有様だ。

「つまり、もう容姿じゃ客を引っ張れない。——でも」

テーブルの上で両手を握り締める彼女の目が、ぎらりと光った気がした。

サバンナを縦横無尽に駆け巡る猛獣のような雪子に、さっきから気圧されっぱなしだ。自分は圧倒的弱者のスナネズミか何かで、動くこともできずに屠《ほふ》られるのを待っている。

「えっと……でも？」

そこで溜められたので、ついつい先を促してしまう。

スナネズミだって、生き残るための慈悲が欲しいのだ。

「起死回生のチャンスがあります」

「ほ、ほんとですか⁉」

現在進行形でものの見事に詐欺《さぎ》に引っかかっているような気もしたが、ここまで落とされた以上は救済がなければやっていられない。物語にはいつもカタルシスが必要だ。

「BLって知っていますか？」

「びーえる？」

「つまり、ボーイズラブです」

「あ、知ってます。今時ボーイズラブってテレビでも取り上げられてるし……」

いきなり何を言い出すんだと思いつつも、知識はあったので響はこくりと頷《うなず》いた。

男性同士の恋愛を扱ったもので、響も軽めの漫画だとたまに読むことがある。

もちろん、腐女子という言葉も知っているが、響はその単語が好きではない。何かが好きなら腐っているなんてネガティブな言葉で表現しなくてもいいのに、と思ってしまうからだ。

何であろうと、好きなものがあってそれに没頭できるのはいい。響にはこのところそうした対象がないので、主として女性のパワーには羨ましさすら感じていた。

「でしたら話が早い。BL書きましょう」

「書きましょうって……待ってください」

響は慌てて口を挟んだ。

「女性はそういうのに敏感なんです。BLって要するに『萌え』が必要ですよね。まったく萌えてもいないのにBLなんて書いたら、敏感な読者にはすぐに見破られます」

女性に限ったことではないが、『にわか』というのはファン層にとって度しがたい存在だ。殊《こと》に金のために自分の愛するものを穢《けが》されることなど、あってはならないのである。

「先生、ぽーっとしているなりにちゃんとリサーチはしてるんですね」

「アニメとかは……嫌いじゃないですし……」

そもそも、萌えという概念は響の年代となると常識に近い。それがどういうものかは、アニメから学んでいた。ちなみに響は二年ほど前に深夜アニメを見たのをきっかけに、アニメというのはディープなオタク向けのものだけではないのだと気づき、今では食わず嫌いせずに面白そうなものはちゃんとチェックしている。

「なら、ちょうどいいですね。腐男子っていうのは、新しい売りになりますよ？　ここで腐男子純文学作家としての地位を確立するんです」

雪子は響の話の中でも、都合のいいところだけを拾い上げて聞いている。

これって会話のキャッチボールになっていないような……。

「無茶ですよ……そんな無理のあるキャラづけ、ばれたらネットでめちゃくちゃ叩《たた》かれますよ」

エンターテインメント系の作家ならばある程度オールラウンドな能力を必要とされるかもしれないが、自分は純文学の作家だ。好きでもないものを書ける器用さは備わっていない。

それに、萌えには敏感な層に売り込もうとしているのに、部外者が売れ行きを狙って書いた作品なんてそっぽを向かれるに決まっている。

「ネットで叩かれるのが怖くて作品が発表できますか」

「そ、そりゃ怖いですよ……エゴサーチしちゃいますし……」

「じゃあ、このまま消えちゃいますか？」

ぐさりと胸に突き刺さる言葉だった。

確かにこのまま何も書けないでいれば、響の作品は本棚から消えるだろう。

いや、実際に今だって消えかけているのだ。

年々出版点数が増えるばかりのこの業界では、リアル書店の棚はいつも競争の的だ。棚に置ける作品は限度があるからこそ、響の初期作品だって置いていない店のほうが圧倒的に多い。

それでも新刊さえ出せば、そこを糸口に過去の本に手を伸ばす可能性もあるから、本を置いてもらえることもある。だが、そうでなければ自分の名前なんて簡単に忘れられてしまう。

今は、読書と同じくらい楽しい娯楽は世の中にごまんとあるのだ。

それで何とか半年前に一冊本を出したのだが、それだって作業が終わってからもっと時間が経っている。

なのにプロットさえひねり出せずに、うんうんと唸《うな》っている日々だった。

かといって、苦し紛れにＢＬを書くなんて今はまだ考えられない。

……でも。

長いあいだ一緒にやってきた担当編集者にここまで大胆な方針転換を迫られた以上は、正念場ということなのだろうか。

「そうはおっしゃっても、六風舎《ろくふうしゃ》の文芸レーベルってかなりお堅いので有名ですよね。突然BLとか出すのはまずいんじゃ……」

「それは私が何とかします。まずは、資料を読んだうえで検討してください」

雪子がずいと分厚い封筒を差し出したので、響は気圧《けお》されたように頷いた。

それから、響のBL研究の日々が始まった。

もともと、趣味は読書だから、本を読むのは苦ではない。

友達づきあいも苦手ではないが、できれば本を読んでその世界に没頭したいという趣味が高じて、書き手になってしまったのだ。

恋らしい恋をしたこともないのに、理想の恋愛を描きたいと作家になってしまったのは、我ながら皮肉な話だ。

研究と称して、響はBLに相当のめり込んでいった。

本来ならば雪子との打ち合わせ後に入ったカフェで読もうとしたが、初っぱなからカラーの激しい口絵が目に飛び込んでしまい、慌てて家に帰ってベッドに潜り込んで読み始めたのだった。

最初は男性同士がいちゃいちゃしたりエッチしたりと、男女の恋愛小説を男同士に置き換えたようなものだろうと思っていたのだが、渡された小説は雪子が厳選しただけあって深い内容のものが多かった。

気になってしまって同じ作家の本を買ってみると、得意不得意はあるだろうが、バラエティに富んだジャンルに挑戦している。ファンタジーから歴史もの、果てはスペースオペラテイストのものまで。しかも、どれも恋愛を主軸にきっちりまとめられていた。

これまで地に足の着いた男女の恋愛を描いてきた響だけに、とんでもない課題を突きつけられたのだと呆然としてしまう。

心得のない人間にそう簡単に書けるだろうかと不安で、逆に乗り気になるのは無理だった。第三者からのアドバイスが欲しかった。

とはいえ、相談したくても響には同業の友達はいない。

そんなわけで響が頼ってみた相手は、大学時代の友人である小嶋健史《こじまたけし》だった。

もっとも、小嶋は小説家でもクリエイターでもなく、会社を経営している一国一城の主だ。

自分が背水の陣に置かれているという状況を理解してくれるのは、彼しかいないと思ったのだ。

小嶋に一緒に飲まないかとメールをするとすぐに返信をくれて、その日のうちに会うことになった。

確か、去年くらいから新しい事業を展開することになったと忙しそうにしていたけれど、一段落ついたのだろうか。

約束をした御徒町《おかちまち》の飲み屋は、通りに面していて中の雰囲気がよくわかる。まだ十七時になっていないのに、先ほどからひっきりなしにサラリーマンたちが吸い込まれていく。

ここでいいのだろうかと入りかねてうろうろしていると、「萩島」と駅の方角からやって来た小嶋が片手を挙げた。

変わらない笑顔。

卒業してから五年経つのに、彼に会うといつでも楽しくて何の不安もなかった大学時代に戻れる気がした。

「ごめん、待たせたか?」

気遣うような小嶋の言葉に、響は首を横に振る。

「美術館寄って、ちょうど今来たところ」

「よかった。入ろうぜ」

足を踏み入れた店内は分煙ですらなく、串焼きのせいか少しだけ煙《けむ》い。

「この時間なのに、もうほとんど満席だ」

中央の調理場を囲うようにして三十席ほどのカウンター席があるが、この時間なのに早くもほぼ埋まっていた。厨房には数人のスタッフがいて、さも忙しそうに酒を支度したり焼き物を作ったりしている。

「ここ、朝十時から飲めるからさ」

「十時……」

それはすごい、と思わず響は目を見開く。

「どうする？」

「僕、ハイボールにしようかな」

「じゃ、俺日本酒。このオリジナル日本酒ってやつ、冷やで一合」

それから小嶋はてきぱきとつまみを注文してから、「ふー」と息を吐いた。

「それで、珍しいじゃん。どうしたんだよ、愚痴《ぐち》りたいなんてさ」

「それが……」

そこから先、響はハイボールを飲みつつ雪子からの宣告を事細かに説明した。

「話には聞いていたけど、出版業界も恐ろしいな。おまえ、そんなことになってるのか」

焼き鳥を齧《かじ》って時折は合いの手を入れながら、小嶋は親身になって相槌《あいづち》を打つ。

「うん」

「自分の腕一本で食べてくって大変だよな。萩島の場合、その細腕で頑張ってるなって思ってたけど」

「細くはないけどさあ」

「細いよ、ほれ」

小嶋は右手をぐっと握ってシャツの上から力こぶを作ってみせる。

小嶋と飲むのに気後れしない理由は、たとえば彼の服装にある。

どんなときでもたいていジャケットにシャツ、つまりはノーネクタイ。ほかのサラリーマンをしている友人はかっちりとしたスーツ姿なので、スーツを着る機会の滅多にない響は気後れしてしまうのだ。

今日だって響はボーダーのTシャツにジャケット姿、パンツだって七分丈のカジュアルなものだ。

かといって、響がスーツ姿で皆の飲み会に顔を出しても鬱陶《うっとう》しいだろうし、そう考えるといつの間にか学生時代の友人とのつき合いは限られたものになっていた。

「で、おまえが書けって言われてる、びーえるっていうのは、なに？　Bっていうことはビジネスとか何か？」

「……ボーイズラブ」

つい小声になってしまう。ハイボールを二杯飲んでもそこまで辿《たど》り着かなかったのは、響にはまとめる能力がなかったせいだった。

「は？　ぼーいずらぶ？　少年の思春期の恋ってこと？」

「そうじゃなくて……男性同士の恋愛だよ」

「ああ、いわゆる腐女子向けってやつか。そういや聞いたことがあるな」

想像以上にあっさりと小嶋が理解を示したので、響は拍子抜けした。

「意外と詳しいんだね」

「そりゃま、今時の流行を探るうえでは常識だろ。俺なんかサービス業だからさ」

得意げに言ってから、小嶋は今度は焼酎《しょうちゅう》をお代わりした。

「でもさ、男同士の恋愛だったら、いつも書いてる小説みたいな感じで、片方を男に置き換えてみればいいいんじゃないのか？」

「無理無理、そんな単純なものじゃないよ。僕たちが思っているよりも、ずっと奥が深いんだ。それに小説を書くこと自体、そういうふうにやるのは無理だよ」

好きでそのジャンルを読んでくれている読者に対して、そんなふうに片手間で書くのは失礼だし、自分の作品に対する信頼を落とすことにもなる。

「そっちこそ、どうなんだ？」

「俺は花嫁派遣サービスをしてるよ。『ジューンブライド』って会社名」

「花嫁……派遣……？」

「花婿もいるぜ」

小嶋の言葉も、響にとってはかなり驚愕《きょうがく》をもたらすものだった。

とてつもなくいかがわしそうなサービスだが、いわゆる風俗と何が違うのか。

「何か、危ない匂いがするんだけど……」

「いやいや、ごく真っ当だよ。つまりさ、世の中には結婚したいけどできない人もいるし、する気はないけどしたことにしなくちゃいけない人もいるだろう？　一時的ならうちの派遣会社がその問題をクリアしますってこと」

「意味がわからない」

響は率直に答えた。

「だからさ……たとえば自分がゲイだけど田舎の母親が死ぬ前に一度でいいから嫁を見たいって言ったとするだろ。頼めるような女友達がいないときに、うちの会社から花嫁を派遣したりするわけ」

「でも、それって普通に便利屋さんでもよくない？」

「そこは訓練された花嫁たちだから、失敗はないんだ」

わかるような、わからないような。

「あとは、婚約者として紹介したいとか、いろいろなケースはあるよ。細かいことはサイト見ておいてくれよ」

「うん」

「最初のほうにモニター価格で引き受けたケースは、結婚生活にまったく憧れを抱けないから体験してみたいっていう乾いた男性からの依頼だったな」

「へえ……」

「若い男女にありがちな悩みだろ？」

「うん。どうなったの？」

そちらのほうがよほどネタになりそうだと、響はつい食いついてしまう。

「そのケースは花嫁…を派遣したよ。そうしたら、花嫁との新婚生活が楽しくて恋愛に対して前向きになったらしい。それで、今は恋人もいて順風満帆らしい。だから、うちはそういう相談にも対応できるぜ」

ぽん、と思いついたように小嶋は手を打った。

「どうやって？」

「花婿《はなむこ》を派遣するよ。おまえの小説に出てきそうなタイプのイケメンがいるからさ」

「ちょっと待って、何で花婿？　それなら、男性のカップル二人を派遣してくれたほうが有り難いよ。取材とかできるし」

この会話からなぜ花婿が派遣されるか、まったくもってわからない。

「取材じゃ、上っ面だけのことになるだろ。人に聞いた話で書くだけじゃ、リアリティが出ない」

「それは書きようだよ」

「うちが花婿を派遣するから、おまえが実際に男性と恋に落ちればいいじゃないか。つまり、ボーイズラブの疑似体験だな」

「いやいやいやいや、それっておかしくない？　おまえ絶対酔ってる」

響は顔の前でぱたぱたと両手を振って、小嶋の意見を全否定した。

「じゃあおまえ、ぶっつけ本番で上手く書けるのか？　あらすじ思いつく？　男に恋する気持ちの心理描写はできるわけ？」

「う」

編集よりも容赦《ようしゃ》ない小嶋の突っ込みに、響は口籠《くちご》もる。

「それなりに経験がないと新しいジャンルって厳しいだろ」

「だからって、結婚生活は飛躍しすぎだよ。配偶者と一緒になるのって、どう考えても恋愛体験したあとの話じゃないか」

「配偶者なんて咄嗟《とっさ》に難しい言葉がよく出てくるな。さすが作家」

からかうような言葉だったが、褒《ほ》められたのが嬉しくてちょっと照れて胸を張る。

「まあね……じゃなくて、小嶋の会社って人材派遣になるんだよね？　依頼したら、どう考えてもすごくお金かかりそうなんだけど……」

「友達価格ってものがある」

「何でそんなに親切なわけ？」

会話の飛躍についていけず、ざっくりと問い返してしまう。

「上手くいけば、俺も新しい商売のチャンスを摑《つか》めるかもしれないからな」

「そうだけど……」

「おまえ、自分が好きになる相手は女って決めてるわけじゃないだろ？」

「うん」

「だったらさ、とびっきりのおまえ好みのイケメン送るから、せめて男にどきどきする気持ちを味わってみろよ」

はっとした。

どきどきする気持ち、だって……？

女性に対して、いや、何ごとにおいてもそんな気持ちになったことがここ最近はあっただろうか。

何につけても刺激の多すぎる世の中だけど、逆に、響の心は無感動になっていった。わくわくすることもどきどきすることも、最近ではなくなっていって。

「確かに、そうかも……」

「だろ？」

「でも僕、男でも女でも割と面食いだよ……？」

「わかってるわかってる。だから童貞なんだよな」

「うっ」

直截《ちょくさい》な指摘にさすがの響は真っ赤になった。

「任せておけよ、顔の綺麗《きれい》な子を送るから」

「顔が綺麗……？」

「そう、ネコ。見た目は美形だけど、中身は全然チャラくない。真っ当な好青年だから、おまえも絶対気に入るよ。だから、大船に乗ったつもりで構えてろって」

ネコというのは、要するにBLで言われるところの受のことだろう。

これだけ一生懸命、小嶋がお膳立《ぜんだ》てしてくれようとしているのだ。できないとかやりたくないなんて、今更言い出すのが申し訳ないような気がしてきた。


『BL小説の取材に花婿レンタル？』

反応はどうだろうかと冷や冷やしながら、響は担当編集である雪子に対して電話でそのアイディアを切り出した。

もちろん、わざわざ断りを入れる必要はない。

しかし、そこまでするくらいならやっぱりBLを書かなくていいですよとか、そういう労《いたわ》りを期待していたのも事実だ。

むしろ、そうであってほしい。

まだBLの入り口に立ってもいない自分には、今回のミッションは荷が重すぎる。

自分の仕事部屋で電話をしているというのに、何だか緊張してしまって響は先ほどから六畳の室内をうろうろと歩き回っていた。

「……はい。気持ち的には僕が花婿ですけど、便宜上」

『いいですね、それ！　先生、可愛いからドレスとか映《は》えますよ』

「は？」

想定外の反応に、響は言葉を失う。

握り締めているスマホが痛いくらいだ。

僕がドレス……だと？

『ゴールインするまでをいっそドキュメンタリーっていうか、ライブ配信しません？』

「ライブ配信……？」

わけのわからない単語が出てきて、そこでフリーズしかける。

『そう。生放送で作家の二十四時間見せます！　みたいな一種のリアリティショーですね。ずーっとネット配信するんです』

「えっと……いえ、待ってください。あの……生放送で二十四時間ってプライバシーゼロじゃないですか……リアリティショーよりもハードですよ……」

それに、常駐のスタッフをつけるということはそれなりに人件費が必要になる。費用だって馬鹿にならないはずだ。

『でも、きっと受けますよ』

「受けませんよ。内容だって、ただ僕が誰かと共同生活するだけなんですよ。そこに四六時中誰かいたら、執筆なんてできません」

『そうはおっしゃるけど、今はネットもプロモーションに取り入れていかないと』

きりっと言われてしまい、響はますます気持ちが落ち込んでくるのを感じた。

「だって……」

『何のために売れないエッセイに高い原稿料を払ってきたと思っているんです？　こういうときのためです』

ひどい……売り言葉に買い言葉の状況に泣きたくなったが、呑まれているわけにはいかなかった。このままでは、響のプライバシーを切り売りされてしまう。

「とにかく！　僕はずっと監視されてたら書けるものも書けません。それに、密着って言われても、どういう番組を想定しているんですか？」

『お二人がゴールするまでです』

「ごーる……？」

『ボーイズラブの実録ものって新しいと思うんです。どうせなら、出会ってからゴールするまでをやってみましょう』

「それじゃ一年くらいかかっちゃいますよ。……って、僕が男性とくっつくんですか⁉」

『ええ。多少時間はかかっても、視聴者的には順を追ってくっつく様を見たいと思うんですよね。そして最後は幸せなセックスで終わるんです』

「せっ……」

想定外の単語を聞かされ、響は言葉を失う。

お互い仕事柄、最後のチェックなどでなまなましい単語が出てくることはあるが、妙齢の女性にセックスなどと言われると愕然としてしまう。

いやいや、セックスとかないから！

まだ恋に落ちてもいないのに、と響は内心で吠《ほ》える。

「と、とにかく、ええと……その、あまりきわどいものは放送できないでしょう。密着する意味がないのでは？」

『そうですねえ……じゃあ、くっつくかくっつかないかの瀬戸際にしましょう。二十四時間のライブ配信もかなり大変なので、ひとまず録画しておいてそれを編集するってことで。それで、ゴールは小説の初回特典にＤＶＤをつけます』

それでは完全に小説はおまけではないか。

それに、ＢＬを好む女性は二次元が好きなのであって、三次元にも直結しているものなのだろうか……？

謎だ。

「念のため伺いますけど、くっつくってどの辺までですか？」

『合体です』

——クールな答えだ。わかりやすく、かつ、恥ずかしくもないが。

「どっちにしても合体は無理ですから！　そもそもそれやっちゃったら、小嶋の会社は風俗かってことになっちゃいます。お互いのプロモーション以前の問題ですよ⁉」

『確かにそういう問題がありますね』

「さっきも言いましたけど、単なる男同士の同居生活なんて面白くないでしょう。僕は僕で実験しつつ方向性を模索するんで……」

『いいんじゃないですか？　ネタのために恋をしたい作家とイケメン男子。新婚生活を送る二人のあいだで本当に恋は芽生えるか？　っていうネタで。そこで本物の恋が芽生えちゃえば、風俗ってことにはならないでしょう』

だめだ。全然、響の言葉を聞いていない。おまけに雪子はまったく怯んでいない様子だった。

「いや、恋が生まれるかどうかはわからないし……」

『そこは生んでいただかないと』

弱い突っ込みに対しても、彼女はまるで気にも留めていない様子だった。

「だって企画の趣旨がすごくぶれてませんか？」

『いいんです。多少論旨が一貫していなくても、読者は勢いのある面白いものに飛びつきます。先生の作品は端整すぎますから、破天荒さがいるんです』

「……はあ」

今までその真面目《まじめ》さがいいと言って褒めていてくれたではないか。

もうどうにでもしてくれと言いたい気分で、涙目になって響は同意した。

そこから打ち合わせになり、響は「はあ」「わかりました」くらいしか発せなかった。

結論からいうと、アウトラインとしては『レンタル花婿との疑似新婚生活』がテーマ。

恋に恋したい年頃――もうそんな年齢ではないのだが――の響が、創作のためにネタ探しをするという、面白いんだか面白くないんだかよくわからないという内容になった。

本当にこんなことで、自分の作家生命が繋《つな》がるのだろうか。

よくわからないまでも、響は小嶋にメールを書くことに決めた。

――花婿さん、お借りします。

新婚生活

1日目

いよいよ本日が運命の日。

ネコがやってくるという日だ。

響はあまり押しの強いタイプが得意ではないので、ネコを派遣してくれると言われてほっとしていた。どちらかといえばふわっとした、ソフトな相手が一番有り難い。

とはいえ、花婿については、小嶋は彼なりの信念で、響に事前情報をあまり与えないと宣言していた。

小嶋曰《いわ》く――相手のことを知らないほうが、どきどきする……とのこと。

それでは気が合わない花婿が派遣されてきたら困ると思ったのだが、そのあたりは長年のつき合いがある小嶋がイチオシの人物を選んだから問題がないそうだ。

結果、響のところには、『売れない俳優。性格良好。料理上手。イケメン二十五歳』という四行詩のようなメールがおととい届いたきりだ。

そんな得体の知れない相手と同居してプライバシーを切り売りする生活……引き受けたの

は自分なのだが、面接もしていないのに果たして耐えられるのだろうか……。

花婿と同居すると決めてからが大変で、それこそ執筆どころの騒ぎではなかった。

まず、雪子と小嶋を交えての打ち合わせ。

小嶋は自社のPRにもなると、全面的にこの企画をバックアップしてくれることになったからだ。

小嶋のところにはたまたま映像制作が趣味のスタッフがいるとのことで、撮影等の手配は彼に頼めることになった。彼に依頼し、響のマンションのどこにカメラを配置するかを計画。クリーニング会社に家中を綺麗にしてもらってから、今度はネットワークカメラと場所によっては念のためマイクを設置。ちなみにカメラはネットで映像と音声を確認できるようになっている。

設備だけでもかなりお金がかかりそうだと思ったが、今時は安価でそこそこの性能のあるものが売られているそうだし、スタッフは編集もお手のものだという。

また、響のマンションは都内でも湾岸部にあり、比較的新しい部類に入る。それなりにセキュリティが行き届いているのが売りで、エントランスに入るのにもカードキーか暗証番号が必要になる。カードキーの発行は手間がかかるため、あらかじめ管理会社に頼んで十日間だけ使えるネコや雪子のための暗証番号を申請したりと、さまざまな雑務が積み重なった。

おかげで、今日という佳き日を迎えるはずが既に疲労困憊《こんぱい》気味だ。

それでも、約束の時間は十時と決まっているのできっちり出迎えなくてはいけない。

響は細いストライプのワイシャツにズボンというういつになく堅めのスタイルで、十時に登場するという相手をかちかちになって待ち構えていた。

玄関のベルが鳴る。

エントランスではなく玄関にいるならば、相手は暗証番号を教えた人物――すなわちネコだ。

……うわ。

どきどきしてきた。

心臓が脈打つ音が、耳の奥でこだましている。

指先までちくちく痛くて、何だか、すごく緊張していた。

確かに、久しぶりだ。

こんなふうに、どきどきしているの。

響は一応は眼鏡を外し、自然体ではありつつもよそゆきの格好を装ってみる。

深呼吸を一つ。

「はーい」

緊張しつつも響は玄関に下り立ち、スニーカーを突っかけてドアの鍵を開けた。

「！」

目の前に立っていたのは、はっとするような美形だったが、顔を子細に眺め回すより先に、その格好のインパクトに圧倒された。

というのも、相手はなぜか純白のタキシードに身を包んでいたからだ。

「ええっと……」

口籠もりつつ、相手をまじまじと見つめてしまう。

ちょっと茶系のたれ目っぽい目はくっきりとした二重。通った鼻筋と、薄い唇。目と同系色の髪。

どうしよう、息が苦しい。

想像よりもずっと端麗な花婿の登場に、響の心臓は百メートルを全力疾走したくらいに激しく脈打つ。

「こんにちは」

おまけにその中音域の声は、耳馴染《なじ》みまでいい。

こんなにできすぎた男前なのに、この人は……ネコ……!?

「あなた…が……ネコ？」

「ええ。初めてお目にかかります、萩島さん」

ドアにかけていた響の手をさりげなく握り、その甲にキスをする。

それで初めて、響は我に返った。

まだ心臓がばくばくしているので、一言発するたびに頭がくらくらする。

完璧に酸欠の症状だった。

いけない。何か言わなくては、会話のキャッチボールすらできなくなってしまう。

「で、でも、ネコっぽく見えないですね」

「えっ？」

しまった。失礼なことを聞いてしまった。

ネコかタチかというのはセクシャリティに直結しているので、親しくない間柄でいきなり聞くなんて失礼すぎるのに……！

「あ、はい。僕は根古谷《ねこや》です。根古谷千明《ちあき》」

響の動揺とは裏腹に、挨拶《あいさつ》をした青年はにこっと人の好《よ》さそうな笑みを浮かべる。

「ねこや…ちあき…？」

要するにネコというのはニックネームってこと……⁉

ネコというからには小柄な美少年でも送り込まれてくるのかと思っていたが、全然、想像と違っていた。

おっとりとした外見は上品で、いかにも賢そうな美形だ。

それから、虫歯一つなさそうな白い歯。

ネコというより、イヌだと思う……。

「はい。字は根っこ、古い、谷間の谷。猫を売ってるわけではないです。千明っていうのは数字の千に明るい。ちょっと女性的でイメージに合わないって言われるんですけど…」

するすると台詞を紡《つむ》ぐが、押しつけがましくない。

聞き惚《ほ》れているうちに二人の後ろから足音が聞こえ、隣室の住人が目を丸くしながら根古谷を見やり、それからもう一度振り返った。

それは二度見もするだろう。

マンションの廊下に立つ、純白のタキシードに身を包んだ美形。

あり得なさすぎて、呆然と見つめてしまうほかない。

「ごめん……入って！」

慌てて根古谷を招き入れた響に、彼は「お邪魔します」と一礼した。

その穏やかな笑みにさえ、響は見惚《みと》れかけてしまう。

何ていうか……似ている。

響のデビュー作の『未熟な心音』で、主人公の絵理奈《えりな》が思いを寄せる相手の弘明《ひろあき》に。

一歩動いた根古谷の後ろには、いつの間にかビデオカメラを構えた男性が立っている。彼は口をぱくぱくさせて「こんにちは」と言い、根古谷に続いて部屋に入ってきた。

室内にはカメラを何カ所も設置してあるので、撮影スタッフが入るのはここまでだった。

リビングルームに根古谷を案内し、布張りのソファに腰を下ろすように勧める。

自室がそんなにチープなものではないと思っていたものの、何だろう……全体的に浮いている。

「あの……」

どこか不安げに根古谷が口を開いた。そのどこか頼りなさそうな表情に、彼もまたこの状況に緊張しているのだと思えて安堵《あんど》する。

よかった。

完璧に何でもすいすいこなしてしまうような男前と四六時中一緒にいるのは、少し、気後れしてしまうからだ。

「ごめんなさい。根古谷さんがタキシードだから、僕、意表を突かれちゃって」

「これでも新郎ですからね。かたちから入っておこうと思ったんです」

それまでの戸惑いを払拭《ふっしょく》するようにふっと表情を緩めた根古谷は、どこまでも屈託《くったく》がない。

その明るさこそが彼の本質なのかもしれなくて、少し眩《まぶ》しい。だが、もともと役者である以上はそうした演技も可能なのかもしれないし、初見でいきなり相手の本質に踏み込めるものでもなかった。

ともあれ、この外見ならば十二分に及第点だろう。

響は面食いだし、そうでなくとも、十日間一緒に暮らすのであれば、見た目が好みの相手のほうが嬉しい。

それに、何よりも根古谷を見ているとどきどきしてしまう。

ときめきというものは恋愛小説を書くうえで、必要不可欠な感情だ。

「根古谷さん、仕事は？」

初対面の相手との会話は輪をかけて不得意だが、ここはクライアントで年上の自分がリードしなくてはいけない。

ローテーブルを挟んで根古谷の向かい側に腰を下ろし、響はそう切り出した。

「仕事は売れない役者です。主に舞台で、映像も端役くらいなら……身上書、読んでもらってないんですか？」

「そうじゃなくて、このバイトの期間は仕事はないのかなって」

「あったらさすがに花婿には来ないですよ。一日この家にいること、っていうのが条件でしたし。それよりも、根古谷さんって呼び方、すごく他人行儀じゃないですか？　俺たち新婚なのに」

根古谷に指摘されて、響ははたと気づいた。

「そ、そうか……どうしよ……」

「何か呼びやすい感じでいいですよ」

「じゃあ……根古谷くん」

「代わり映えはしないけど、まあいいかなあ」

根古谷は苦笑し、「俺は響さんって呼びますね」とさらりと言ってのけた。

「えっ⁉」

声が上擦《うわず》る。

「だって、一応俺が年下ですし。新婚なんだから、下の名前呼びたいじゃないですか」

「あ、まあ……そうだけど……」

あっさりと名前を呼ばれて、響は頬《ほお》を染める。

「ち…ち……ちあき……くん……」

「はい」

「ちあ……うう……」

だめだ。到底呼べそうにない。

「根古谷くん、でいいですよ」

根古谷が諦《あきら》めたように笑った。

この引っ込み思案な恥ずかしがりな性格のせいで、これまで、下の名前で自分を呼んでくれるような相手はなかなかできなかったのだ。

だけど……でも。

こんなに外見の整っている相手との新婚生活って、どう考えても画面映えするのは根古谷のほうだ。

圧倒的に響が負けてる。

これじゃ自分のプロモーションのためというより、根古谷の売り込みに役立ってしまうのではないだろうか……。

いや、それはそれで悪くはないのだけれど、自分だってプライベートを切り売りする以上は成果が欲しい。

「それで俺、どうすればいいですか？」

「あの……えっと……」

喉がからからになってきている。

いざ根古谷が来てみると緊張してしまい、この人と共同生活を送れるか不安になってしまう。

「……あの」

響が目を伏せてしまったのを見て、根古谷が小さく首を傾げた。

「響さん」

「は、はいぃっ」

「甘いもの平気ですか？」

「平気って？」

家事にあたっての調査とかそういうものだろうか？

「アレルギーとかそういうの、ありませんか？」

「全然ないです。食べ物がだめだったのって、食中毒くらいで。しかも自分の手料理でなっちゃって……」

会話が続かないのが怖かったせいで、響はどうでもいい情報まで付加してしまう。

いかにも世慣れていそうな根古谷に、つまらないやつと思われるのは避けたかったからだ。

こんなところで見栄を張ってしまう、自分はとても格好悪い。

「よかった。じゃあ、これ」

次の瞬間、口の中に何かが押し込まれていた。

「⁉」

最初は何かわからなくて不気味さに吐き出したくなったが、やわやわと溶けていく感触に
それが何か気づいた。

チョコレートだと、思う。

しかも甘いというよりけっこうビターな。

「あ、の……？」

いったいどういうつもりなのかと戸惑う響に対して、根古谷は悪戯《いたずら》っぽく笑った。

「甘いものってわかってても、何も予備知識なしで食べてみると最初は得体が知れない感じでしょう」

「はあ」

いきなり何を言い出すんだと思いつつも、つい、彼の声に聞き入ってしまう。

俳優をしているというせいか、彼はとても聞きやすい声をしていた。

「二人暮らしもそうかなって思うんです。身上書とかいろいろ見てわかってるつもりでいても、実際には齧ってみるまで味がわからない。今のチョコだって、甘いけど想像したよりずっとビターだったでしょう」

「うん」

「だから、俺の身上書があまりちゃんとしていなかったっていうの、本当は好都合かもしれません」

「名前くらいしか知らなくて、失礼じゃなかった……？」

「社長も、細かいことはわからないほうがお互いの刺激になると思ったんじゃないかな」

「根古谷くんも何か刺激が欲しいの？」

意外だ。彼みたいに男前で若いなら、いくらだってやり直しが利《き》くだろうし、それこそ望むものはたいがい手に入りそうだ。

「さすが、鋭いですね。そのとおりです。俺、俳優としていまいち芽が出てないんで、今年だめだったら田舎に帰ろうと思って」

こんなに格好いいのに、芽が出ないなんてことがあるのだろうか。

演技力が皆無とか、そういうことか……？

「どうしてか、聞いてもいい？」

「恋をしていないから、だそうです」

「恋……？」

「恋っていうのは、ちょっと便宜的な表現です。どんな役柄であっても、舞台や映像でメインを張るなら熱く狂おしい思いが必要になるって言われました。でも、日常生活でそんなに狂おしい気持ちになることなんてないでしょう。あ、いや、少なくとも俺はないんです。テンションがそんなに高くないせいかもしれないけど……」

根古谷の言葉はすとんと腑《ふ》に落ちた。

そういうのは、わかる。

「そうだね……僕もすごく簡単に『狂おしい想《おも》いに駆られた』、とか書いちゃうけど、実際にはそういう気持ちになることなんてないよ。そんな感情、本当はまるっきりわからないんだ……」

わからないからこそ、響の小説には温度がない。

要するに、根古谷と自分は同じ病根を抱えているらしい。

そう思うと、何だか共感できるものがあって嬉しくなる。

「それで、大学を出てから三年頑張ってだめだったら、そのときは田舎に帰ろうと思いました。今年が最後の一年なんです」

「田舎って、どこ？」

「仙台です」

「仙台！　すっごくいいところだよね！」

何度か旅行をしたことのある好きな土地だったので、自然と声が弾んだ。

「行ったことありますか？」

「うん、東京から近いし。温泉あるし……お魚美味《おい》しいよね。お寿司とか、牛タンとか。あとずんだ餅《もち》！」

主として食べ物だったが、響が仙台にまつわる思い出の数々を口に出すと、根古谷はおかしそうに笑った。

「わかります。俺も、魚好きだし。たいていのものなら下ろせるんで、お魚食べたいときはリクエストしてくださいね。今はカフェですけど、去年までは海鮮居酒屋でバイトもしてたんですよ」

「本格的なんだね。じゃあ、仙台でも海のほう？」

「ええ。あ、よかったら、お茶でも淹《い》れましょうか」

あれ……すごく、意外だ。

初対面の相手と会話がこんなに流れるように成立して、しかも、響はまったく気負っていない。

自分はコミュニケーションが不得手だと思っていたのに、そんなことが信じられないくらいのなめらかさだ。

こんなことってあるんだ……。

「任せちゃって、いいの？」

「響さんさえよければ、キッチンを把握しておきたいですし。俺がお茶淹れてくるあいだに、これに記入していただけませんか？」

「アンケート……？」

「はい。どこまでを俺に任せるかっていう内容です。じゃ、キッチン借りますね」

「茶葉は白い戸棚の中だから」

キッチンの配置はそう難しくはないけれど、カップとかやかんの在《あ》り処《か》がわかるだろうか。

それを聞こうと思ったのだが、アンケート用紙のあまりの設問数に気圧された。

響を置いて、彼は颯爽《さっそう》とキッチンへ向かった。

響は改めてアンケートの項目に目を落とす。

家事の分担。一緒にしたいこと。新婚生活の目標。

目標って何だろう……わからない。

アンケート記入項目は想像していたよりも膨大で、事前に渡しておいてくれればいいのにと思ったくらいだ。

そうこうしているうちに、根古谷がお茶を淹れてきてくれた。

お客様用のティーセットなんていうたいそうなものはないし、そもそも食器の絶対数が少ない。その中でどれが普段使いのマグカップなのか的確に予想したらしく、お気に入りの白い厚地のマグカップに紅茶を注いで運んできた。

「あ」

「あれ？　紅茶はストレート派でしたよね」

「うん。そうです」

それでも怪訝《けげん》な表情をしている響に対し、根古谷はひどく不安そうだ。

「何かおかしかったですか？」

「逆で……すごいなって思って。僕の好きなものわかってたから……」

「あ……その、社長が教えてくれました」

どこか歯切れの悪い調子で言われたものの、響はすぐに納得した。

「そっか。小嶋のリサーチってすごいなあ。あいつとはお茶よりもお酒を飲んだ記憶しかないけど」

「好みが変わっていなくてよかったです」

「そう簡単には変わらないよ」

「お酒、お好きなんですか?」

「好きってほどでもないけど、やっぱり作家ってお酒を飲んだほうが格好がつく気がして……」

かたちから入るのは響の悪い癖だが、そのあたりは仕方ないだろう。

「確かに昔の作家ってお酒と賭《か》けごとのイメージがありますね」

「それは古すぎると思うけど、でもそんな感じかな」

共通の趣味すらない相手とこうして会話が成り立つことに感動し、響は嬉しくなってしまう。初対面なのにここまで会話が繋がるのは、根古谷の人柄とか持って生まれた何かの才能のおかげに違いない。

根古谷のプロフィールが不明なのを気にかけていたが、知らなければそれはそれでよかったかもしれない。会話の糸口になるし、根古谷は響がもっと知りたくなりたいと思うような、そんなパーソナリティの持ち主だった。

「これ、記入してみたよ」

「ありがとうございます」

アンケートの回答用紙を受け取った根古谷は、響の回答を読み耽《ふけ》っている。

「普段は執筆で家にいるけど、一応、次の新作の構想があって……そんなに家事は手伝えないかも。一人暮らしだから、その辺はものすごく適当なんだ」

人がいると気遣うようなことであっても、自分一人のためだとついおろそかになってしまう。一人暮らしは自由でいいが、その分、自分にしか関係のないところはどこまでだって手を抜いてしまっていた。

「いいですよ。だいたいそんな感じだろうっていうのは聞いていましたから。俺、主夫業ってやってみたかったんで一度やらせてみてください」

「役者志望じゃなくて？」

「ああ、違います。今回の役はってことですよ」

「そっちか」

安堵から胸に手を置いた響を見て、根古谷もまた人懐っこく笑う。

さっきから、根古谷に釣られて笑ってばっかりだ。

お愛想の笑顔じゃなくて、根古谷の雰囲気に気持ちが緩んでいるのだ。

普段接する数少ない人間が雪子のようにややきつめな人物なので、それとまったく違うのが有り難い。

美形とはいっても取っつきにくいわけではなく、笑顔のおかげで表情がやわらかく見える。

こうしていると、定点カメラによって録画がが始まっていることなんて忘れてしまいそうだ。

響だって、この瞬間はすっかりカメラの存在を忘れていた。

根古谷が自然体でいるから、きっとそれに引っ張られているのだ。

彼とならば、十日間を上手く乗り切れるかもしれない。

気が早すぎるけれど、響はそう考えた。


近年失速が著《いちじる》しいとはいえ、萩島響は根古谷の世代にとっては馴染み深い作家だった。根古谷だって顔出しのインタビューを目にしたことがあるし、響の作品には何かと触れてきた。ファンと名乗っても差し支えないだろう。というのも、演技をするうえではいろいろなものから栄養を取り入れなくてはいけないと思い、そのうちの一つとして読書を選んだからだ。女性心理をみずみずしく描くと評判の響の著作は、同じ男でもこんな表現ができるんだと感心するほどに繊細な文章で彩《いろど》られていた。自慢ではないが、響のサインだって持っている。それは根古谷にとっては大事な宝物だった。

そんなわけで新刊を見ると買うようにはしていたが、このところ出ていないなと思っただけで、スランプというのは気づかなかった。今年出た本は買ったけれども、アルバイトで忙しくてまだ読めていない。

そもそも、世の中には読み切れないほどの本が溢《あふ》れている。響の新作がなければ他の作者の本を買うだけだった。

だからこそ、俳優活動の片手間にやっていたこの花婿派遣のバイト先が響だと聞いて、驚いてしまった。そして、内容を聞いて再度驚愕《きょうがく》した。

もっとも、ファンだというのは小嶋にも秘密にしている。何となく、自分に前もって知識があるのがフェアじゃない気がしたし、かえって仕事を断られてしまうかもしれないと危惧したためだ。

美味しそうな顔でお茶を飲んでいた響は根古谷の視線に気づいたらしく、突然背筋をしゃんと伸ばした。

「あ、あのさ……根古谷くん」

「はい」

ソファに腰を下ろした根古谷も、いったい何を言われるのかと表情を引き締める。

「花婿派遣で君が来てくれたことはわかっているし、大事な前提だ。でも、これだけははっきりさせておきたい」

「何ですか？」

「男として主導権を握られるのはやっぱり嫌なんだ。だから、僕が……あの……その、花婿じゃ……だ、だめ、かな？」

最初はきりっとした物言いだったくせに、最後のほうは腰砕《こしくだ》け気味で。

自分でも無謀なことを言っている自覚があるようで、それがとても可愛い。

「いいですよ」

別段反対するようなことでもなかったので、根古谷はあっさりと同意した。

すると、目の前に腰を下ろした響はぽかんとした顔で自分を見つめている。

「え、いいの？」

根古谷にしてみれば、自分の雇い主である響の要望に合わせるのが最優先だ。こちらのこだわりなんて、正直にいえばどうでもいい。

「今回のクライアントはあなたです。俺はそれに合わせるだけだし、それに……究極的には役割なんてどっちでもいいかなって思ってて」

「どっちでもいい？」

「だって大したことじゃないでしょう。新婚生活は好きな相手と送るから幸せなんです。どっちが夫かなんていう細かいことは、今はどうでもいいんじゃないのかな」

「……ああ、うん。そうだね」

響はうんうんと大きく頷いた。

「すごいなあ。根古谷くん、見た目はイケメンだけど言うこともすごく格好いいんだね」

ふにゃっと笑われて、根古谷の心臓はぎゅっと鷲《わし》摑みされたような気分になった。

な、なに……なにこれ……。

可愛い……!!

可愛い。可愛い……どうしよう、この人めちゃくちゃ可愛い。

こみ上げてくる感慨を噛《か》み締めるべく、根古谷は視線を床に落として黙り込んでしまう。

そうでなければ、可愛いと叫んでしまって響を驚かせそうだ。

「あ、ごめん。僕、失礼なこと言った？」

「いえっ、ぜんっぜん！」

声が上擦ってしまったのも、仕方ないだろう。

それくらいに激しい感動に襲われて、根古谷は唇を戦慄《わなな》かせる。

もちろん、顔は最初から知っていたし、この仕事が決まってからもＷｅｂで彼の近影はチェックしていた。

よそ行きの彼なら、実際に書店で見かけたことだってある。

だが、そのときの彼の容姿や行動はここまで強い感慨をもたらすものではなかったし、外見が他人より抜きんでているとかそういうことはない。

仕種《しぐさ》、表情、言葉遣い。

そういったものが総合的にかたちづくる雰囲気。

それがとてつもなく可愛いのだ。

いくらイケメンといわれても芽が出てない自分を振り返ると、素材のよさなんて無駄じゃないかと思えてしまう。

演劇サークル出身の根古谷は中堅の芸能事務所には所属し、顔はそれなりにいいし演技力も問題がないと太鼓判を押してもらっている。実際、演技に関してはそこそこ自信があった。

それでも俳優としての仕事が続かないため、スタッフは首を捻《ひね》っているらしい。今回の企画だって、もしかしたら俳優としての自分のキャリアにはマイナスではないかと思ったが、マネージャーはこれもまたプロモーションになると諸手を挙げて歓迎してくれたのだ。

売れない俳優としての自分自身にけりをつけるための仕事のつもりで受けたのだが、長年ファンだった相手のプライベートな一面を見られただけでも受けてよかったかもしれない。

もし響を作家として再生させられるのであれば、一世一代最後の大舞台のやり甲斐もあるというものだ。

根古谷の仕事は、花婿として響に尽くし、彼に新婚生活を味わってもらうこと。

それから、今回の企画をエンターテインメントとして成立させること。

企画書を見せられたときはあまりにも曖昧《あいまい》で着地点の不明な内容に驚いたが、だからといってなあなあで済ませるのでは意味がない。

役者である自分が選ばれた以上は、おままごとで終わらせず、表向きは恋愛というゴールに到着する。

根古谷まで新婚ごっこに溺《おぼ》れるわけにはいかないのだ。

「でも本当にいいのかな。根古谷くん、花婿ってかたちで派遣されてきたのに……」

「あなたの願いを叶えるのが、俺の役割ですから」

「ありがとう！」

ぱっと顔を輝かせる響が可愛くて、つい、見惚れてしまう。

惚れ惚れとするほど、可愛い。

既に脳が新婚モードに突入しているのだろうかと自問自答してしまうくらいに、根古谷は響の一挙一動に釘付《くぎづ》けになっている。

この人、こんなに可愛くても全然もてないなんてどうしてだろう。

可愛すぎて女性の恋愛対象からは少しずれてしまうってことだろうか？

「そうだ。あとは、カメラの位置を、聞かせてもらえませんか」

「カメラの？　……ああ。じゃあ、教えておくよ。気づくとは思うけど」

「無理ですよ。ものすごく多いんでしょう？」

定点カメラを置くとはいえ、それらが撮影できる範囲は決まっている。

そこであちこちに複数のカメラとマイクを仕掛けてあり、二人を監視していた。

具体的にはリビング、キッチン、ダイニング、玄関、ベッドルーム、響の仕事部屋。仕事部屋は嫌だと最後まで抵抗したそうだが、どうせリアルタイムでは放送しないし編集するからと押し切られてしまったらしい。

簡単な見取り図を書いてくれた響にカメラの位置を説明され、何となく位置関係を把握する。とはいえ、トイレの中や浴室といったカメラにも映り込まない範囲はあるようでほっとした。死角があれば、そこで一息つける。いくら舞台にも出演して人に見られることに慣れていたとはいえ、二十四時間まったく気が抜けないのはさすがにつらかった。

根古谷がこんな決意を固めているのだから、素人の響はもっと大変なことだろう。

「じゃあ、俺、まずは買い物に行ってきます」

「え？」

「さっき勝手に見ちゃいましたけど、冷蔵庫空っぽですよ。このままじゃ二人とも餓《う》えて喧《けん》嘩《か》でもしちゃいます」

ごく真っ当な指摘をしたのに、響が頬を赤らめる。どうやらそこまで思い至らなかったようだ。

「ごめんなさい。僕、自炊しないから……」

「それはわかりましたよ。鍋もフライパンと雪平鍋くらいしかありませんでしたし」

圧倒的にツールが足りない。今時はちょっとしたものなら百円ショップですべて揃《そろ》うが、たかだか十日の共同生活にそこまでする必要もなさそうだ。響が必要だと思っているものなら経費として彼が出してくれるだろうが、そのあたりも気が利かなそうだし、食費以外に散在するのも躊《ため》躇《ら》われた。

「あの……道具、買いに行く？」

「いえ、当面は何とかなりますよ。このレンジ、グリル機能あるし」

それを聞いて、彼はほわっと笑った。

「よかったぁ……僕、本当に土地勘ないんだ。自炊全然しないから、どこで売ってるかわからなくて……」

「だって、コンビニに行く余裕がないときもあるでしょう？」

「そういうときはレトルトかネットスーパーだよ」

予想どおりの返答だった。

思った以上に、響は食に重きを置いていないようで、少しがっかりしてしまう。

「それはいいですけど、ネットは自分の目で鮮度とか見られないでしょう」

いや、そうでなくとも自炊をしない相手にこんなことを言うのは無意味だ。

機嫌を損ねてしまうかなとひやりとしたものの、響は気に留めない様子で首を横に振る。

「大丈夫、そんなに変なものは来ないよ。今からでも最終配達なら間に合うと思うけど、そこから作ると大変だよねぇ」

「そうですね……新婚なのに旦那様にお腹を空かせてしまうのは忍びないな」

「だっ……」

旦那様という言葉に戸惑ったらしく、響が上擦った声を上げた。

「あ、えっと、何か食べにいく？　それとも、で、デリバリー頼もうか」

しどろもどろになった響が可愛くて、微笑《ほほえ》ましさが押し寄せてくる。

「だめですよ。せっかく初日なんだから、俺の料理の腕とか見てもらわないと」

「買い物、出かけるの？」

「ええ。十日間あるのに、まったく自炊しないってわけにもいかないし、どうせならあなたには美味しいものを食べてほしいですし。偵察がてら、ちょっと買い出しに行ってきます」

「けど、場所は？」

「スマホで検索すればすぐですよ」

「じゃあ、僕も」

響が腰を浮かせたかけたので、それを根古谷は制した。

「旦那様は家にいてくださいって。初めての夕飯は、サプライズにしたいし」

「わかった。でも」

「まだ、何か？」

「その格好で行くの？」

問われて初めて、根古谷は自分がタキシードを着たままだったことを思い出して赤面する。それを見た響がおかしそうに噴き出したものだから、場が和《なご》んだ。

「着替えてから行きます」

「そのほうがいいと思うよ」

響がくすくすと笑っていて、その花弁《はなびら》が落ちていくような甘い笑い声に好感を持った。

「あと、お金がいるよね」

「それは立て替えておいて、あとでレシートを会社に回してそちらから請求します」

「わかった」

一人で出歩くときは撮影は基本的にないので、それもまた気が楽だ。

どうしたら響と楽しい新婚生活を送れるのか、少し頭を整理したい。

根古谷は自分用のビデオカメラを渡されており、それで二人の日常を彩る追加映像を録画する予定だった。

「あ、そうだ。よかったらメアドか何か教えてもらえませんか？」

「メアド？」

「買い物しているあいだに、質問があるかもしれないし……」

「何も知らなかったら不便だもんね。ちょっと待ってて」

二人でSNSのIDを教え合い、出かけるまでに必要なことは済ませておく。

いろいろ順番は逆だったけれど、きっと上手くやれる。

この可愛い花婿を相手に、自分の役割を演じきることはそう難しくないはずだった。


夕飯は順当に和食だろうか。それとも何か凝《こ》ったものが出るのだろうか。

どきどきしながら待ち受けていた響に饗されたメインディッシュは、いさきのアクアパッツァだった。

「すごーい……」

持参したと思《おぼ》しきデニム素材のエプロンをした根古谷は、にこやかな笑みを湛《たた》えて響のために椅子《いす》を引いてくれた。

こういうのは新郎の仕事だと思うんだけど……ともあれ、魅力的な料理に目が釘付けになったまま響は椅子にちょこんと腰を下ろす。

「アクアパッツァは見た目が華やかな割りに、白ワインと香味野菜があれば何とかなるので簡単なんですよ。選ぶ魚によってはかなりボリュームもありますし」

確かに、根古谷が帰宅してから夕飯ができあがるまでの時間は正味一時間もなかったように思う。

「知らなかった。うん、とってもいい匂《にお》いだよ」

「魚屋さんがなかなかよかったです。ひっきりなしにお客さんが入ってましたし、いいお店ですね」

「へえ……」

根古谷曰く、少し離れた駅前の商店街はいいものが揃っていたのでスーパーまで遠出する必要はないという。

まるで知らなかった情報をもたらされて、響はすっかり感心してしまう。

「すごいよ、根古谷くん。何だか魔法みたい」

「魔法って言うにはぱぱっとはいきませんでしたけど」

料理男子っていうのも、手垢《てあか》のついたネタだけど女性には受けが良さそうだ。

よく気の利く料理上手な男前に、身も心も調理されてしまう――いや、これまでの響の作風はなまなましい性描写は出てこないのだから、この発想は少々行き過ぎだ。

「響さん？」

「あ、ごめん。食べるよ」

「ええ」

アクアパッツァにパン、それから生ハムの乗ったサラダ。野菜はレタスを二種類使っているそうで、微妙なグリーンのグラデーションが綺麗だった。

「どうですか？」

「すごく美味しい！」

どうしても声が弾んでしまい、響は感激を隠せなかった。

白ワインの香りと魚の味わいのバランスがすごくいい。ブラックオリーブとミニトマトの色の対比が食欲をそそる。

「アンチョビ、常備しておくといいですよ。ペーストにしてパンに載せても美味しいし、俺なんてときどきお茶漬けにします」

「アンチョビでお茶漬け？」

意外な言葉に首を傾げる。

「そう。塩分がちょうどよくって。あれって言うなれば、鰯《いわし》の塩辛みたいなものじゃないですか」

「へえ……それって初耳。根古谷くんは詳しいね。何でもできちゃいそう」

「何でもかどうかはまだわかりませんよ」

謙遜《けんそん》しつつ笑う根古谷を見ていると、響の心はほんのりとあたたかくなる。

いいなあ、と思った。

新婚生活って全然よくわからないし実感も湧かないけど、誰かと生活するのってとても楽しい。

もちろん、生活を共にするのだから良いことばかりではない。

けれども、根古谷と一緒に体験する新婚生活ならば、どんなことだって楽しく受け止められそうな気がした。


そして、夜。

根古谷に先にシャワーを使ってもらってから、響はたった一つしかないベッドの前で逡《しゅん》巡《じゅん》してうろうろしてしまう。

撮影の話が出たときに雪子や小嶋とさんざん揉《も》めたのが、寝場所の問題だった。

響の部屋はベッドは一つしかないし、ソファは二人がけなので成人男性が寝床にするにはかなりきつい。

そもそも、新婚夫婦にとって初めてのビッグイベントは夕食よりも初夜だろう。

男同士で恋愛すら芽生えていないが、そんなぎこちない二人がどうやって初夜を営むのか。

そこを撮りたいと雪子たちが言うのは当然だった。

とはいえ、性風俗産業とは違うのだからセックスはしてはいけないというのがジューンブライドの決まりだったし、響も根古谷と一線を越えるつもりは毛頭なかった。

二人の感情の機微を記録するためにも録画はされているものの、当然、何かが起こるわけもなかった。

なのに、寝室の様子まで記録するなんて言われてしまったのだからかなり気恥ずかしい。

「お風呂先に使いました」

Tシャツに短パンという軽装で、根古谷が寝室の戸口で顔を覗《のぞ》かせた。髪はまだ濡《ぬ》れているようで、ドライヤーの場所を教えていなかったことを思い出す。

「ごめん、ドライヤー洗面所だから……」

「平気です。きっと、響さんのことを待ってるうちに乾くし」

「いや、寝てていいよ？」

何があるわけでもないが、根古谷が待ち構えていると思うと猛烈に緊張する。

「だって、せっかくの初夜でしょう」

「しょ……」

根古谷の口ぶりに、響は目を白黒させる。

小説のためなら雪子とはもっと激しい言葉だって使うけれど、相手が普通の人なので話が別だ。

「だって、これはまだ……君を好きになるかという恋愛実験の形式なわけで……」

「俺は好きになれると思いました」

根古谷はにこりともせずに、爆弾発言をぶつけてきた。

「へっ⁉」

「響さん、可愛いし」

「えっ、えっ……は、早くない？」

動揺してしまい、まともな言葉が出てこない。

「十日しかないんです。自分の気持ちだって加速させないといけないでしょう」

「そういうもの……？」

「まあ、それは冗談ですけど。最初から、好感度高いですよ」

「そのあたりはよくわからない……」

「わからなくていいんですよ」

澄まし顔で言われると、ひたすらどぎまぎしている響に比べて根古谷は場慣れしているんだなと感心してしまう。

「とりあえず、シャワー浴びてくる」

「ええ」

この展開……どういう意味、なんだろう。

好きになれそうとか言われても、困る。

――いや、違う。

勘違いしてはだめだ。

今のはただのリップサービスに決まっている。

そもそも、この番組は着地点が決まっていないし、無理をしてまで恋愛関係になる必要性はない。

でも、だけど、何でこんなにどきどきするんだろう?

締めに水に近いシャワーを浴びてみても頬の火照《ほて》りはまったく取れなかった。

寝室へ向かうと、ベッドサイドのスタンド以外の光は落とされている。

根古谷は寝てしまっているらしい。

布団の片側を持ち上げて、響はそろそろとベッドに潜り込む。

根古谷が自分のほうを向いているので、振り返れずに彼に背を向けたままスタンドのスイッチを消した。

「……難しいね、こういうの」

つい、言葉が出てきてしまう。

「新婚生活をしながら、相手を好きになれるかなんて……本末転倒すぎて難しいよ……」

「無理しなくていいんじゃないですか」

思ったよりもはっきりした答えが返ってきて、響はびっくりして身を強張《こわば》らせる。

「起きてたの？」

「新婚ですよ。あなたより先に寝たら格好がつかないでしょう」

「だって」

あなた、というやわらかな二人称は根古谷の雰囲気によく合っている。

上品で、そして、どこか浮き世離れしている根古谷の美形っぷりにはぴったりだった。

「俺、今回の企画の肝《きも》って、ちょっと違うところにあると思うんです」

「違うところ？」

「そう。新婚生活を送るのも大事だけど、突き詰めてみれば、あなたが恋をするきらきらした気持ちを取り戻せるかどうかっていうことじゃないかな」

思わず黙り込んだのは、恋をするときのきらきらが自分と無縁に思われたからだ。

「そんなの……」

「味わったことがないなら、たぶん恋愛への感受性が低くなっちゃってるんですよ。小説を書いているうちに、麻痺《まひ》しちゃったんじゃないですか？」

そうなのだろうか。

突然そんな難しいことを言われても、わかるはずがない。

「俺のこと、好きになれなくてもいい。そんな必要、全然ないです。でも、俺がプラスの感情をあなたに向けていたら、あなたも何か取り戻すんじゃないかと思うんです」

「……ありがとう」

何だか、胸がじんと熱くなった。

根古谷は頼まれた役割を演じているだけだが、それでも、彼なりの解釈と使命感でこの企画に取り組んでくれているのだ。

いい小説を、書こう。

売れなくたっていい。

……いや、売れないのはまずいけれど……少なくとも、こうして自分に向けられる根古谷の誠意に恥じるようなものを作りたくはない。

「いいんです。ご褒美《ほうび》にこうしていいですか？」

「ひゃあっ⁉」

突然、背後から抱き竦《すく》められて声が上擦った。

体温も呼吸も、全部めちゃくちゃ近い……！

というか、何をされているか把握するのにコンマ一秒はかかった。

「な、何で⁉」

こんなのがご褒美って、どういうこと？

「だって新婚だし……こういうどきどきも必要でしょう？」

花嫁と花婿って、こういうものなのだろうか。

よくわからないけれど……こんなにどきどきしていて眠れるものなのだろうか。

「根古谷くん……もしかして、男でも平気なほう？」

「今までに考えたことがなかったので、申し訳ないけど、あなたで実験中です」

「そっか……」

実験などと言われても、ほのぼのできるわけもなく。

かえって目がぎんぎんに冴えてきて、響は仕方なく羊を数え始めた。

2日目

誰かが掃除機をかける音。パソコンに向かっているのにうつらうつらしてしまっていた響は、それを夢現《ゆめうつつ》に聞いている。

前にこういう他人の立てる身近な生活音を聞いたのは、ずっと昔。小学生の頃だったかな。

実家で暮らしていたときのことを思い出す。

あったかくて優しい、家族の記憶。

「ん」

仕事中にかけている眼鏡がごちっと何かに当たる感触で、響ははっと目を覚ました。

慌てて眼鏡を外して目をこすってから、かけ直してディスプレイを眺める。プロットを作っていたはずのエディタ画面は腕でエンターキーを押しっぱなしにしていたらしく、延々と改行マークが表現されている。

ふーっとため息をついたとき、ドアをノックされた。

「はいぃっ」

「開けていいですか？」

「もちろん」

その返事のあと、すぐに根古谷が顔を出した。

「すみません、お仕事中に」

「本当に没頭してたら何も聞こえないから。返事があるときはいつでも開けていいよ」

響の答えを聞いて、根古谷は微笑んだ。

「じゃ、次からそうします」

「何か用事？　手伝うことある？」

しまった。そういう細かい点が行き届いていないなんて、新婚の夫としては失格だ。

「ううん、そういうのは俺がやるって約束ですし。そうじゃなくて、響さんが一段落したら出かけませんか」

掃除機をかけ終わった根古谷に言われ、パソコンに向かっていた響は顔を上げる。

「えっ？」

「つまり、デートです。俺たち新婚旅行も行ってないし」

新婚旅行という言葉に、響は目を瞠《みは》った。

「そ、そうだけど……でも、デート……？」

「こう言っちゃ悪いですけど、スランプなんでしょう。せっかくラブストーリーを書いているんですし、デートとかしてみたら何かアイディアが湧きませんか？」

「デートで？」

「もし急ぎの仕事があるなら、もちろん、そっち優先にしてください」

「いや……そんなの、ないよ」

気を遣ってもらってはいるけれど、今、考えているのは別のことだ。

もし新しい画期的なプロットを考えついたら無理にＢＬを書かなくていいのではないか、と思って足掻いているところなのだ。

とはいえ、昨日の朝からずっと根古谷を待っていて、それから一度も外に出ていないため、確かに気分転換は必要といえば必要だ。

いつもは一日に一度くらいはコンビニに行くからだ。

「でも、外に出るなら小嶋に電話しないと」

「それは連絡してあります」

「すごい、早いね」

「だって、せっかく響さんがその気になってくれても、人手がないから出かけないでくれなんて言われると困りますし」

「あ、そっか……」

外では定点カメラがないので、ジューンブライドのスタッフを呼び出して記録映像を撮影してもらわなくてはいけない。それもあって、二人が出かけていい時間帯というのはじつはだいたい決められているうえ、事前連絡も必須だ。

スタッフは学生時代に映画研究会で映像制作をしたことがある人物だと聞いているので、安心して任せている。とはいえ、響たちも襟《えり》につけたマイクで音声の録音をしなくてはいけないし、場所によっては撮影許可がいるしで、外出一つとってもけっこう面倒なのだ。

つくづく見切り発車の企画だったが、そういう素人臭さがいいと雪子は判断したようだった。

「外でも誰かついてくると、自分のペースで動けないのがきついな」

「ええ。ドローンでも飛ばしてほしいくらいです」

「本当だよ。僕、ちょっと着替えてくる」

「え？　そのままで十分、響さんは可愛いですよ」

「か」

かわいい――つまり、可愛いって……。

咄嗟に変換できなかった響は目を丸くし、そしてどうしようもなくなって俯《うつむ》いた。

柄にもなく、どきどきしている。

これがこの前に彼の言っていた、恋愛の胸の高鳴りというものなのか。

「すみません、赤くなっちゃいましたね」

「君が恥ずかしいこと、言うから……」

「以後、気をつけます」

悪戯っぽく笑った根古谷は、「俺も着替えようかな」と呟く。

「根古谷くんこそ、そのままで十分格好いいよ」

響が言うと、今度は根古谷が微かに頬を染める。

「あ……ごめん」

「いえ……意外と照れますね、そういうの」

「言われ慣れてるんじゃないの？」

「だって……響さんは特別、だから」

——特別。

そう言われて、更に激しく胸が高鳴ってしまう。

どうしよう……いくら根古谷がイケメンだからって、この反応は流されすぎだ……。

かああっと頬が熱くなってきて、よろよろしながら着替える。

そうしているうちに、根古谷は外ゆきの格好に着替えてやって来た。

「で、どこに行くの？」

「響さんなら、素敵な場所とかたくさん知ってるんじゃないですか？　恋愛もの書いてるわけだし」

　痛いところを突かれて、響は羞《は》じらいに言葉を失う。

「あれ、何か問題でも？」

「ううん。――僕が書いてるのって、理想の恋愛小説だから……僕が体験したわけじゃないんだ。僕が体験してみたいって内容で……」

「作品を読んで勉強したほうが近道ってことですね」

　さらりとそう言われたけれど、そんなことをしている時間はお互いにないはずだ。

「いいよ、読むのに時間かかるから。自然体でいいんだ。君の今ある知識で接してくれれば」

「了解です」

　待ち構えていたように撮影班がやって来たので、彼に挨拶をしてから互いにマイクを取りつける。

「じゃあ、行きましょう」

　行き先をまだ決めていないのに、根古谷はさりげなく響の肩を押した。

　うわ。

　どきっとしたものの、それ以上深追いはない。

　それでも、肩にほわんとぬくもりが残っている。

　根古谷の、体温が。

昔見たアメリカの映画では、カップルは一つのポップコーンの容器に手を突っ込んで食べていた。

あれが、響の憧れだ。

大好きな人と同じものをシェアする。

食べ物も、映画も、さまざまなものを。

そのシンプルな喜びを味わいたかった。

そもそも、響が映画を誰かと見に行くことは滅多にない。以前は何度か雪了が試写会に誘ってくれたが、打ち合わせもセットだったので仕事の延長だ。

だいいちデートをする相手がいない。

「でも、どうして映画なの?」

二人分のチケットを発券してから尋ねると、根古谷はにこりと笑った。

家を出てから希望を聞かれたが、特に思いつかなかった。すると根古谷が久しぶりに映画に行きたいと言ったので、響は彼をたまに利用するシネコンに連れてきたのだった。

「映画だったらデートしてる真っ最中の撮影はできないでしょう。マイクのスイッチも切れるし、スタッフと入り口で離れられるかなって」

「……策士だね」

響が感心しきって呟《つぶや》くのを聞き、彼は肩を竦める。

「こうやって適当にサボるのも生活の知恵です。それより、ポップコーンどうします？」

「え？」

「ポップコーン。もしかして食べない派ですか？」

「ううん、食べる！　食べる派だよ」

まるで心を読まれていたみたいでどきどきしてしまう。

カウンターの近くから値段表示を眺め、根古谷は味を読み上げる。

「明太子、バター醤油、キャラメル……何がいいですか？」

「えっと、プレーンじゃだめかな」

「いいですよ。やっぱりシンプルが一番ですよね」

根古谷が同意してくれたのでほっとする。

「飲み物は？」

「じゃあ、ホットコーヒー」

「了解です。ちょっと買ってきますね」

そういうのって男の立場の人間——いや、それだと日本語がおかしい——つまり花婿が買うんじゃないだろうかと思ったが、根古谷が颯爽と歩きだしてしまったので響は黙り込んだ。

シアターの開場を待っている女性たちが、根古谷にちらちらと視線を送っている。

かなりのイケメンだと思っているのだろう。

そう考えると、少し、誇らしくなる。

根古谷は今、自分と一緒なのだ。

もちろんそれは、金で彼をレンタルしたというだけで、交友関係なんてものはなく、あるのはただの雇用関係だけなのだけれど。

「お待たせしました」

ポップコーンの載ったトレイを持ってきた根古谷は、息を弾ませている。

「ありがとう」

「どういたしまして」

「レシートもらった？　これ、経費で請求してくれる？」

「え？」

「だって、経費だよね……二人で過ごしているんだし」

「でも、撮影がないなら取材ってことじゃないし、俺の奢《おご》りです」

そんなイケメンすぎることを言われたって、困る。

花婿なのは自分のほうなのに、スマートさでは明らかに根古谷のほうが上で、完全に彼にエスコートされるかたちになっていた。

「だって」

「いいじゃないですか。それくらい奢らせてください。この撮影のあいだは生活費が浮いて助かってるし、忘れているかもしれないけど、報酬だってちゃんと別にもらえてるんですよ」

どうしたものかと考えあぐねたとき、開場を知らせるアナウンスが響いて根古谷は「行きましょう」と笑いかけてくれた。

今日見るタイトルは、よくあるアクションものだ。

おまけに話題にも何もなっていなくて、映画館に来たけど目当ての上映のときに超満員で仕方なくチョイスするような間に合わせのタイトルだ。

二人でポップコーンをシェアする理想のシチュエーションに辿り着いたのに、映画の選択が適当になってしまったのは反省の余地が十二分にあるが、撮影スタッフの到着を待っていたり諸事情を考慮すると、時間帯をずらせなかったのだ。

上背《うわぜい》のある根古谷は前の人の邪魔にならないか気にしていたようなので、一番後ろの席を選んだ。とはいえ、平日の昼間ではシアターはがらがらだ。

反省しながら映画を見始めた響は、最初こそ斜に構えてみていたものの、その内容にぐっと引き込まれていった。

——面白い。

最初はどうってことのないアクションものだろうと思っていたが、リストラ寸前のエージェントという主人公の微妙な立場に自分自身をつい投影してしまう。主人公に仕事にしがみつきたいのなら業績を上げろという上司と、彼を裏切る恋人。見守ってくれる親友、そして新しい恋。登場人物のそれぞれに納得できる行動原理が存在している。しがらみと自分の信義のあいだで揺れ動く一人を見ているのは、とても胸が痛かった。

そうだ。誰だって一生懸命に生きていて、それでも上手くいかないときがある。壁にぶつかったり、乗り越えようとしても力が足りなくて苦しんだり。

だからこそ、人には必要なのだ。

それを支え合う誰か。分かち合う誰かが。

そんな人が、自分にいるだろうか。

そんなことをぐちゃぐちゃと考えながら画面を見つめていると、ぐすっと誰かが啜《すす》り上げる声が聞こえた。

反射的に左隣を見やると、根古谷は目を潤ませていた。

透き通るような横顔は、何だかとても——綺麗だ。

その整った横顔を見ているだけで、胸が締めつけられるような気がした。

すごく尊いものを見てしまったような気がして、どきどきしてくる。

衝動的に、響は自分が握り締めていたハンカチを差し出していた。

「…………」

こちらを振り向いた根古谷がはっとしたような顔になり、それから微笑んですぐにハンカチを受け取った。

――よし。

これで一つくらいは夫らしい気遣いができたはずだ。

すっかり満足した響は、これこそがデートの醍醐味《だいごみ》なんだと実感する。

とても、楽しい。

こういう時間がもっと続けばいいのにと思うくらいに。

「これ、ありがとうございました」

映画館の場内が明るくなったのを機に頭を下げた根古谷がハンカチを差し出すと、響はぱっとインクでも散らしたように頬を染める。

「どういたしまして」

「助かりました。ハンカチの存在を忘れるくらいに没頭しちゃって」

実際、映画を見ているときはものすごく感情移入してしまい、ハンカチのことなんて思い至らなかった。

だからこそ、響がハンカチを出してくれたときは驚いたし、それにものすごく嬉しかった。

それから申し訳ないなと思った。

「あの……もしかして、俺のせいで集中できませんでしたか？」

「え？」

「俺のこと気にしててくれたみたいだから」

「ううん、たまたま気づいたんだ」

ますますよくない。響が気づいてしまうくらいにがっつり泣いていたということになる。

「うわ……それくらいにうるさかったりってことですか？」

「違うよ。その……なんかどきどきして、ずっと気にしちゃってた。君がどういう反応をしてるのか知りたくて、ちょっと気持ち悪いかな」

口籠もった響が、困ったような顔をして首を傾げた。

「いえ、全然！」

「誰かと映画見るのってこんな感じなんだなって思ったんだ」

両手を合わせて、響は照れくさそうな様子で告げる。

「僕だけかもしれないけど……すごく、楽しいんだ。一人じゃないのって、すごく。今も、僕……君と話がしたい」

「話？」

「感想言ったり、いろいろしたい。——だめかな？」

頬を上気させた響に上目遣いに見つめられて、映画館のロビーで思わず根古谷は立ち尽くした。

ものすごく、ういういしい……。

感激でこっちのほうこそどうにかなりそうだ。

初デートみたいにどきどきしている響の戸惑いとか、可愛げとか、そういうもの。

それらをすべて、つぶさに感じられるから。

可愛い。

響と対面してからまだ三十六時間くらいしか経過していないのに、既に三年分くらいの『可愛い』を噛み締めている気がする。

でも、だって、本当に響は可愛いのだ。

よもや、響がこんなにも可愛らしい人だとは思わなかった。

この仕事に自分を抜擢《ばってき》してくれた小嶋には、心の底からお礼を言いたかった。

「あの……根古谷くん？」

ぼんやりと物思いに耽りかけてしまったので、響は変に思ったようだ。

「あっ、すみません！　ちょっと反芻《はんすう》していて」

「反芻？」

「響さんが可愛いなって」

「えっ……」

可愛いと直截に言われた響は絶句する。

——しまった。今は自分が彼の花嫁なのだから、もっと気を遣った発言をすべきだったのに。

「あ……すみません、えっと……冗談、です。それより、お茶しませんか」

「お茶？」

「感想を語り合うんでしょう」

「うん！　あ、じつは目をつけてたお店があるんだ。そこに行ってもいいかな」

「入ったことはないんですか？」

響はこのシネコンのあるビルによく来るらしいが、もしかしたら、行列ができる人気店とかだろうか。

「一人じゃ申し訳なくて一度もないんだ……君と二人なら入れるかも」

「申し訳ないって？」

「いっつも混んでて、カウンターとかないから一人で入れない雰囲気で……」

二人がけの席があるなら一人だって大丈夫だと思うのだが、それ以上にファンシーだとか女性向けっぽいとかもっと入りづらい理由があるのかもしれない。

「じゃあ、行ってみましょう」

「うん！」

声を弾ませた響は「こっちだよ」とリードするように歩き始めた。

主導権を響に渡しているのは、根古谷なりのサービスだ。彼は花婿として相手を引っ張るべきだと考えているようなので、それに合わせたほうが満足度が高いはずだ。

映画の終了を見計らってやって来た撮影班と合流し、二人は歩き始めた。

「ここ、なんだけど」

照れてしまった様子の響が連れてきた店は、いかにも男性一人では敷居の高そうな可愛い雰囲気のカフェだ。

真っ白な壁で、カラフルなメニューが店頭に置かれている。

確かにこれは、一人で入れと言われてもかなり入りづらいものがある。入ってしまえばいいのだろうが、店内の女性率の高さが半端ない。

「ネットで調べたら、ここのパンケーキが超美味しいんだって」

昂奮《こうふん》しているらしく、根古谷のシャツの裾《すそ》を引っ張りながら外に展示されているメニューを指さすところなんて、まるで子供だ。

思わず、噴き出す。

「な、なに？」

「そこまで調べておいて、一度も入らなかったんだなって……」

「だって本当に、すごく恥ずかしいんだよ」

消え入りそうな声で響が答えたので、根古谷はその態度に胸がきりきりと痛くなるのを感じた。その原因は苦痛ではなく、むしろ正反対のものだ。

つまり、またしても、可愛さの発作に襲われかけているのだ。

これまでは自分は年上、年下問わず美人系としかつき合ったことがなかった。好みというよりも、対等に話ができる相手を探すとそういうタイプに落ち着くことが多かったからだ。

従って、響のようなタイプと時間を過ごすのは初めてだった。

なんていうのか、すごく、いい。

こんなに作為のない可愛げを持った相手というのは滅多に出会えないので、漫画やドラマといったフィクションの世界にしか存在しないのではないかと思っていた。

根古谷としてはひたすら、天然記念物級の愛らしさに震えるほかない。

だが、響を見るたびにこんなふうに感動に震えているのは単なる変態だ。

もっともっと彼を見つめていたい気持ちをぐっと堪《こら》えて「じゃあ、行きましょう」とその背中を押した。

幸いちょうど店内の客が入れ替わる時間帯だったらしく、すぐに入店できた。

店内も店頭と同じく、どこかファンシーな空気で落ち着かない。

しかし、二人がけの円形のテーブルに案内された響は、食い入るように真剣な瞳でメニューを見ていた。

「これ」

響が細い指で押さえたメニューには、赤っぽいフルーツが盛りつけられたパンケーキの写真が掲載されている。

「このベリースペシャルってやつですか？　美味しそうですね」

「うん。ネットで見ると、みんなこれ頼んでる」

そう言いながらも、響はちらちらとその隣のページにも視線を向けている。

「これも美味しそうですね」

先回りして『宇治抹茶パンケーキ』を指さすと、響の表情がぱっと輝いた。

「そうなんだ！　これ、二番人気みたいで迷っちゃうよね」

「じゃあ、俺はこっちにします。抹茶好きなんで」

本当はベリーの迫力にも惹《ひ》かれたが、二人で同じものを頼むこともないだろう。

「ベリーじゃなくていいの？」

「それは一口分けてください」

「一口？」

「一口と言わず、半分こでもいいですよ」

冗談のつもりで根古谷が提案すると、響が「ほんと!?」と目を輝かせてくる。

「半分こしよう！　それがいいよ」

「ええ。俺たちカップルですから」

「うっ」

カップルとだめ押しすると、途端に響は真っ赤になって俯いてしまう。いたたまれなさそうにしてグラスを手に取り、冷水をごくごくと飲む。

――本当に、たまらなく可愛い……。

ややあって、紅茶とパンケーキが運ばれてくる。

「ベリースペシャルのお客様」

「はいっ」

パンケーキの皿が運ばれてきたときから、もう、響の目はそれに釘付けだ。

「俺は宇治抹茶で」

「こちらになります。今、取り皿をお持ちいたしますね」

一枚一枚は薄いが想像以上のボリュームで、女性店員が気を利かせて取り皿を持ってきてくれた。

「うわー……」

ナイフを入れた瞬間、響の唇から感激の声が零れる。

ピンク色のその唇から零れるため息にさえ、聞き入ってしまいそうだ。

歓声を上げたいのはこちらのほうだ。

どうしよう。この人、すごくすごく可愛い。

一度可愛いと思うと、もう止まらない。

にやけてしまいそうなのを懸命に堪えながらも、ただただ見惚れてしまう。

響は今回の新婚生活に、契約以上の関係を求めているわけではない。だから、不用意に近づけば彼を怖がらせてしまうだろう。

少し理性をもって接しないと、だめだ。

そんなことをぐるぐる考えているせいで、いつの間にか、撮影され続けていることなんて頭から吹き飛んでいた。

「響さん」

「ふあい」

「ここ」

ついていますよ、と言って指先でほっぺたのクリームを拭《ぬぐ》って、それを口許に運んでいって舐《な》める。

すごく、甘い。

「ね、根古谷くん……それ、反則……」

「すみません」

微笑みつつも、きっと自分は響と同じくらいにどきどきしている。

根古谷が所属していたのは小さな劇団だったけれどそれなりに追っかけみたいなものはいて、適度に遊ぶ分にはお互いに目を瞑《つぶ》っていたので女性には不自由しなかった。

でも、そういう彼女たちと響は根本的に違う。

根古谷のことを憧れの対象ではなく、新しい関係を結ぶべき対等な人間として見てくれている。

根古谷を成長の糧《かて》にしようとし、貪欲《どんよく》なまでに努力をしている。

それでいいんだ。

一つのところに留まろうとしない響の姿勢は眩しく、そして、憧れてしまうのだ。

3日目

朝七時。

すっきりとした目覚めは心地よく、根古谷は既にこの生活サイクルに馴染みつつあった。

クリエイターは夜型とのイメージに反して響は日中仕事をするスタイルだそうで、比較的規則正しい毎日を送っているのだという。

響の希望によると、朝食はグラノーラとコーヒーでいいらしい。

シンプルが一番ということか。

甘い風味をつけたグラノーラは意外とカロリーがあるそうだけれど、見た目はかなり分量が少ない。昨日はこのまま出してしまったが、これでは腹が減らないだろうか。

「……うーん」

悩んだ末に、根古谷は響のためにスムージーを用意しようと思いついたが、肝心のミキサーがない。

……そうだった。

この家には最低限の調理器具しかないのだ。

それならグラノーラにフレッシュフルーツを盛りつけよう。幸い映画の帰りにスーパーマーケットに寄ってかなりのフルーツを仕入れたから、ふんだんに使える。響だってそういう工夫があるほうが気持ちが変わるだろうし、何よりも見た目が華やかだ。

そんなことを考えてからグラノーラを盛りつけて食卓に運ぶと、欠伸《あくび》をしながら響がパジャマ姿のままやって来た。

「おはよ」

「おはようございます」

へたりとダイニングの椅子に座った響は、まだ眠そうだ。

「何かニュースあった……？」

寝惚けているのか、響の発音はいつものような気遣いがなくてどこか甘ったるい。

「ええと、今日は特にないです」

「そう」

「勝手に淹れちゃいましたけど、コーヒー飲みますか？」

「うん、もらおうかなあ」

のほほんと発声した響は再び大きく欠伸をしてから、自分を怪訝そうに眺める根古谷の表情に気づいたらしい。

「なに？」

根古谷はカメラ、と小声で言う。

「ん？」

聞こえなかったのか、響が上体だけを近づける。

「だから、カメラです」

「ごめん、聞こえないんだけど」

しかしここでカメラのことをあまりにはっきり口にしてしまうと、二人が撮影を意識して
いることがあからさまになってしまってせっかくの企画がつまらなくなる。

悩んだ根古谷がどう切り出そうかと考えあぐねたところ、響が自分の耳を指さした。

「顔、近づけてくれればいいんじゃないかな」

かたちのいい、可愛らしい耳。

もう昨日から今日にかけて何度可愛いと噛み締めたかわからないものの、それくらいに、
響の可愛さに根古谷は参りかけている。

お手上げだ。

「わかりました」

意を決した根古谷は、響の耳許に顔を近づける。

「カメラ、回ってますよ」

「ふえっ⁉」

驚いたように響が身動《みじろ》ぎしたものだから、自分の唇が彼の白い耳に触れてしまう。

まるでキス、したみたいに。

「あっ……」

真っ赤になって、響がそこを押さえた。

「すみません、俺、顔近づけすぎて……」

響があまりにも真っ赤になってしまったものだから、根古谷も動揺してしまう。

やわらかい……それに、この人からはいい匂いがする……。

ここにいるあいだは同じシャンプーやボディソープを使っているはずなのに。

「う、うう……」

口をぱくぱくとさせた響はがたりと立ち上がった。

「響さん？　ご飯は？」

「き、着替えてくるだけ……」

弱い声で言った響は、逃げるようにダイニングキッチンから出ていってしまう。

もしかしなくても、失敗してしまっただろうか。

セクハラ――新婚でその表現もないが――というか、何か妙な下心があると思われたかもしれない。

ここは慎重にいかなくてはいけない。

響はこれまでに根古谷がつき合ったことのない純情なタイプだ。

怖がらせたら、近づくのが難しくなってしまう。

あ、いや、無論必要以上に近づきたいわけではないのだが、嫌われるのだけは避けるべきだろう。

たくさんいい思いをしてもらって、恋愛のよさを噛み締めてもらう。

根古谷がここにいるあいだは、ふわふわした甘い気持ちだけを響に食べさせてあげたい。

そして、彼が小説を書くためのきっかけを摑んでほしかった。


……進まない。

昨日は気分転換に映画を見に行って疲れてしまったこともあり、それはそれで進まなかったのだが、今日も酷い有様だ。新婚生活に浮かれていて仕事ができないのではないか、と言われても致し方ないくらいにさっぱりプロットが浮かんでこない。

根古谷は掃除機をかけているらしく、その音がリビングのほうから聞こえてくる。

いいなあ、こういうの。

誰かがそばにいる生活音。自分が一人じゃないとわかる、安心感。

こういうところから何かを摑めれば一番いいのだが、甘すぎるだろうか。

根古谷は偉いと思う。

イレギュラーな生活が始まったのに、すっかり馴染んでしまっている。

彼はこの生活をどう思っているんだろう。

響のことをどう思っているんだろう……？

あ、いや、それが気になるのは根古谷がすごく紳士的だからだ。

イケメンなのに親切だし人柄もいいし、自分の中の偏見が音を立てて崩れていくみたいだ。

とりあえず、プロットはまだ進みそうにないことは確かだ。

「響さん」

「うわあっ」

びくっと竦み上がって戸口を見ると、根古谷がすまなそうな顔で佇《たたず》んでいる。

「すみません、驚かせちゃいましたね」

「いや、平気……どうしたの？」

「よかったら、今日もどこか出かけません？」

根古谷が遠慮がちに切り出したので、響はパソコンのキーボードを叩く手を止める。

実際には打ち込んでいたのは小嶋への単なる報告メールで、仕事ではない。

「今、から？」

「うん。だめですか？」

「いいけど……何で？」

「気分転換です。じつは家事が終わっちゃって」

「そうなの？」

「この家、掃除するところあまりないでしょう。毎日やってると洗濯もそんなにないし……作家の家ってもっと本とかあると思ってました」

新築で入居した物件だし、もともと何かを集めたりするような趣味もこだわりもないので、家具がそう多くはない。

必然的に部屋も綺麗なままだったので、掃除に関してはやり甲斐がない部屋かもしれなかった。

「雑誌とかの大事な資料はスキャンしてデジタル化しちゃったからかな。新刊は最近は電子書籍で読むようにしてるし……」

「へえ。さすがですね。それで、どうですか？　急ぎの仕事とかあるなら、もちろん遠慮します」

気分転換と言われてみれば大義名分は立つが、こういう場合はデートと言って誘われたほうが嬉しい。

そんなことを考えてしまってから、響は根古谷の発想にだいぶ毒されていると赤面する。

「どこか候補、あるの？」

それを聞いた根古谷は、少しだけ得意げに頷いた。

「はい。水族館とかどうですか？」

「水族館？」

「そう。どこも平日って空いてるじゃないですか。今日はペンギンの行進が見られるそうですよ」

確かに昨日のシネコンものすごく空いていた。

だけど。

「ペンギンの行進……？」

何だそりゃと思ったし、成人男性に対してはどうなんだという誘い文句だ。

「あと、先着でカワウソに餌《えさ》をやれるそうですよ」

とはいえ、見たことのないものに対して好奇心を掻《か》き立てられるのが作家の性《さが》というものだ。

いつだったか、ネットで見かけたカワウソの写真はものすごく愛くるしいものだったと記憶に焼きついている。

ああいう子たちを生で見られるのならば、見てみたい……気がする。

「どうしますか？」

「行くよ」

上手く乗せられた感もあるものの、気づくと響は身仕度をして、出かける準備をすっかり整えていた。

根古谷の姿が見えないのでキッチンに向かうと、彼はなぜかバスタオルで鍋をくるんでいる。

「えっと……それ、何してるの……？」

匂いは明らかに煮物で食欲をそそるのに、バスタオルというのがミスマッチだ。

「これ、保温調理です。知りませんか？」

「知らない……」

「そっか、響さん、自炊しないんですよね」

くすりと根古谷は笑って、取り出した鍋の蓋を開ける。

「煮込む手前にまで持ってきたものをこうやって保温しておくと、ガスを使っていないのに中までじっくり火が通って美味しくなるんです。特に、火の通りにくいものはこうしておくとやわらかくなるんですよ」

「本当？」

「ええ、この筑前煮、あとで食べてみてください。火を使わないからこのまま出かけても大丈夫なんです」

根古谷はにこりと笑った。

すごいなあ。

生活に関する知識全般は、年上の響は根古谷に敵《かな》わない。

もともと響は生活能力に欠けているほうだったが、それにしたって根古谷のほうがきちんと生きている感じがする。

何もかもが、とても眩しい。

ぼんやりと根古谷の顔を見つめていた響は、そこではっとする。

「あっ、撮影班呼ばないと」

しかし、根古谷は涼しい顔だった。

「大丈夫、さっきメールしました。そろそろ来ると思いますよ」

「じゃあ、今日も僕が断らないと思ってたの？」

「ええ。何だか集中できてないみたいだから」

すごい洞察力だ。

そうやって気遣いながら観察されるのには、どちらかというと安心感もある。

根古谷がイケメンだからとかそういうのを差し引いても、彼の心遣いがさりげないせいだろう。

根古谷となら、自分は新しい物語を紡ぎだせるかもしれない。

もちろん、それは彼と恋をすればという意味ではなく、根古谷がいてくれればあたたかいもので心が満ちるからという意味だ。

もうずっと忘れかけていたときめきを、根古谷と一緒にいれば思い出せるような気がした。


初めて降りる駅でまごついていると、根古谷は「こっちです」と右手をさりげなく摑んで先導してくれた。

あたたかい……。

そのまま、手を摑まれた状態で歩きだす。

「あ、の……」

変じゃないかな。

そう思ったのだが、急ぎ足のサラリーマンや学生たちは響と根古谷に目もくれない。

もしかしたら、自分が思うほどに、人は他人のことを気にしていないのかもしれない。

そう考えると、少しくらい大胆になってもいいような気がする。

「こっちですね」

「うん」

大胆になってもいい——と思った数十秒後に、響は大変なことに気がついた。

大胆になるのはいいが、まったくといって躰《からだ》がついていっていない。

自分の手がめちゃくちゃ汗ばんでものすごく熱いことに、気づかれていないだろうか。

どきどきしながら歩いていたが、根古谷はまったく気にしていない様子だった。

「いいお天気ですねえ」

「う、うん」

「あ、あそこにパン屋さんがありますね。帰りに見ていっていいですか?」

「う、ん」

だめだ。まったくといって、会話に集中できない。

自然に振る舞おうと思えば思うほど、握られた手とか伝わってくるぬくもりとかに神経が集中してしまう。

根古谷は自分のことを、変だと思っていないだろうか。

挙動不審すぎてみっともないって思われているかもしれない。

ど、どうしよう……。

不意に足を止めた根古屋が、ぱっと響から手を離す。

――えっ?

驚いた響が顔を上げると、根古谷が眉根《まゆね》を寄せている。

「ね、根古谷くん……」

あまりにも挙動不審だったせいで、気持ち悪がられた……？

「表示消えちゃいましたね」

「表示？」

「水族館ですよ。さっきまで案内出てたのに……」

呟きながら、根古谷はあたりを見回している。

つられて響もあたりを観察すると、確かに、観光名所を示すための青い標識がどこにもない。

後ろで撮影しているカメラマンは、当然のことながら助け船を出してくれない。

「待って、僕、地図アプリ見てみる」

「お願いします」

響が立ち止まってスマホのアプリを操作していると、左後方から自動車のエンジン音が聞こえてきた。

思いの外、音が近い。それに、すごく近づいてきて……！

「危ないっ！」

左から紺色のワンボックスカーが歩道に突っ込んできた。

躰が竦み、動けない。

「ッ」

撥《は》ねられる……⁉

そう思った瞬間、自分の躰は後方に吹っ飛んでいた。

正確に言うと、根古谷が自分の右手を摑んで思い切り彼のほうに引き寄せたのだ。

あまりの勢いに尻餅《しりもち》を突く。

同時にハンドルを切ったワンボックスカーが弧を描いて車道に戻っていく。

「………」

「危なかったですね。大丈夫ですか？」

びっくりして、声も出ない。

「あそこでちょうどガードレール切れてるから、突っ込んできたんですね。ほら、ここのマンションの駐車場に出入りできるようになってて……」

歩道に尻を突いてしまったのは、自分を助けてくれた根古谷も同様だった。

ただし、彼のほうがいち早く立ち上がって響に手を差し伸べてくれる。

「う、うん」

やっと事態を把握して、響はがくがくと頷きながら根古谷のそれに自分の手を重ねた。

力強い手が、響を立たせてくれた。

まだ、心臓がどきどきしている。

怖かった……。

「事故とか起きなくて、よかった……」

見上げたマンションはかなり大きく、車の出入りも多いのだろう。数メートルにわたってガードレールが途切れており、おまけに大きくひしゃげた箇所もある。見通しがいいからついスピードを出してしまって事故が起きるのかもしれない。

「ほんとです。俺が誘っておいて、あなたに怪我《けが》させたら大変なことになるところでした」

「ありがとう。根古谷くんのおかげで、怪我しないで済んだ」

「どういたしまして。立てますか？」

「大丈夫」

埃《ほこり》を払いつつ立ち上がった響に、根古谷が優しい笑みを向ける。

——まさに王子様だ。

響は内心でほう、と息をつく。

響は懸命に自分こそが花婿だと思おうとしているが、根古谷はそんなことを意識せずとも花婿らしく振る舞う。

頼れる男として、響を引っ張ってくれた。

格好いいのは嬉しいけれど、同時に複雑だ。

助けてもらった照れくささと、男として負けているというちょっとした意地。

その二つが胸の中でぐちゃぐちゃと絡み合っていた。

4日目

「ごめん、ねこくん……」

ベッドの中で呟く響の声が、自分でもそうとわかるほどに掠《かす》れて頼りない。

それにねこくんじゃなくて根古谷くん、だ。

でも、訂正する気力がない……。

「すみません、たぶん、俺が昨日連れ回したから……」

傍《かたわ》らに立つ根古谷は、お盆を持ったまましゅんとして俯いている。

まるで伏せた耳が見えるようで、大型犬のイメージを久しぶりに思い出した。

「そうじゃないんだ」

答えるだけで、頭がくらくらしてくる。

「じゃあ、俺が布団取っちゃったせいかも」

三日続けて背中を抱き締めて寝るという構図にも慣れたし、布団の分配だって上手くいっていた。

体調を崩したのは、水族館でエアコンがよく効いていたのに薄着だったこと。それから、イルカの曲芸ショーのときに水を何度かかけられて、想像以上にびしょ濡れだったこともあるのかもしれなかった。

「そっちでもないよ。たぶん、ここのところ緊張して疲れたんじゃないかなあ」

「なら、やっぱり俺のせいですよ」

「君に来てほしいって言ったのは、僕なのに？」

響は頭が痛いと思いつつもくすりと笑った。

神妙な顔をしてフローリングの床に正座する根古谷は、まるで、ご主人様に叱《しか》られている大型犬という風情だ。

名前は猫、なのに。

そんなたいして面白くもないことを考えていると、何か冷たいものが額《ひたい》に触れた。手。

気持ちいい。

ひんやりとした根古谷の、手――。

「かわうそ可愛かったね」

「ええ」

「ペンギンの散歩も。水族館の子たちが、水槽の外にいるのを初めて見た。きっと、すごく気持ちいいんだろうな……」

半ば夢現《ゆめうつつ》の状態で、響は呟く。

「根古谷くんはどれが可愛かった？」

「響さん」

「へ？」

「夢中になってお魚を見る響さん、すごく、可愛かったです」

「………」

何だろう。

これ、夢なのかな。

根古谷がどんな顔をして言っているのか見たかったのに、目を開けていられない。

「……すみません、俺、変なこと言って。もう少し、寝ますか？」

変じゃない、嬉しい、と答えようと思ったそのときだ。

充電したままになっている携帯電話の呼び出し音が、いきなり鳴り響いた。

おかげで響はすぐさま現実に引き戻され、手を伸ばしてベッドサイドのスマホを取ろうとする。

「出ますか？」

「うん、担当さんだから」

携帯の着信メロディは雪子のものだけ変えてあるから、すぐに彼女からだとわかった。どちらにしても、これだけは出なくてはいけない。

大方、進捗《しんちょく》を気にしてのことだろう。

「もしもし」

受話器を持っているのが億劫《おっくう》だったので、スピーカーモードにして枕の上に置く。

『おはようございます。先生、今、気になってライブカメラチェックしたんですけど、どこにいるんです？』

いきなり捲《まく》し立てられて響は面食らう。

「どこって、家にいます」

『そうじゃなくて、家のどこにいるのかってことです』

「あ……すみません。ちょっと寝込んでて寝室です」

『寝室？　カメラ切り替えますね。えっと……あ、ほんとだ。声は聞こえます。どうして見えないんでしょう』

怠《だる》い躰を無理に起こして、そちらを見た響は「ああ」と納得した。

「……根古谷くんがカメラの前に本を置いたみたいです。すみません」

朝から体調が悪くて起き上がれない響を気遣って、先手を打ってくれたのだろう。

自分だって、どうせ使われないにしても体調が悪いところを録画されているのは御免だ。

今は彼のその優しさが嬉しかった。

『ずるはだめですよ。折り返し地点なんて、視聴者が脱落するあたりじゃないですか。ここでぐっと惹きつける言動をしないと』

「あの、今、調子悪くて……」

雪子の声が頭に反射して疲れてしまい、自ずと響は小声になる。

事実、頭がくらくらする。熱が上がってきたみたいだし、対応する気力が出るとは思えなかった。

『だから寝てるんですか？』

「はい」

『じゃあ、寝場所、ソファとかに移せませんか？』

「え」

つまりはソファで寝ろと言われて、響は眉を顰《ひそ》める。

必然性というか、意図が不明だ。

風邪を引いているせいで、自分の理解力が減っているのだろうか。

『一人でぽつんと寝てる姿って絵的に微妙ですし、花婿さんが甲斐甲斐しく世話している姿のほうが、すごく絵になると思うんですよね。そこで先生がお相手に本当に惚れるきっかけにもなるかもしれないですし！』

熱っぽく語るのは結構だが、それに煽《あお》られてますますこちらの体温も上がってしまいそうだ。

『大丈夫ですよね？　熱はあるんですか？』

もちろん可能かと聞かれれば可能なのだが、今は一日寝込むことで治してしまいたい。おそらくまだ風邪の引き始めだし、このあとの撮影に響くのは避けたかった。

「あの……治したほうがいいと……」

『一時間くらいでいいですから』

雪子はまったく退く様子がない。

「そう、ですね……それなら……」

「いい加減にしてください！」

二人に割って入ったのは、根古谷だった。

「ねこくん……？」

すっかり流されかけていた響は、目を丸くする。

スピーカーモードで話し込んでいたので、まだ根古谷がここにいるのを失念していたのだ。おそらく彼は通話が終わったらスマホを元の位置に戻すとか、そういう心積もりで待機していたのだろう。

「病気なんだから、ベッドで一日寝てたっていいでしょう！　ひび…萩島先生の躰が心配じゃないんですか⁉」

根古谷は真剣に怒っているようだった。

『あ、あなた、花婿役の……根古谷さんですか？』

電話口の雪子が明らかに気圧されている。

「そうです。根古谷千明と申します」

『ジューンブライドの方なら今回の趣旨を……』

雪子はちょうど校了と重なっていたこともあり、小嶋とは顔を合わせて打ち合わせを済ませていたものの、根古谷には会ったことがないのだ。彼女は映像の中の根古谷しか知らないはずで、驚きに声を上擦らせている。

「それくらい知っています」

雪子の言葉を、根古谷はあっさりと遮った。顔が見えない勢いというのもあるだろうが、それにしたって、雪子を寄せつけないあたり……何だかすごい。

「確かに企画ものに賛同したのは響さんなんでしょうけど、芸能人でもないのに寝てるあいだもずっとカメラ回ってるってすごいストレスなんですよ。具合が悪ければなおさらです。こういうときくらい、撮影を止めたっていいはずです」

根古谷は真剣なんだ。真剣に、響のために怒ってくれている。

「体調が悪いのは本当で、するなんかじゃありません。この三日間、響さんは一生懸命花婿に相応《ふさわ》しく振る舞おうとしてくれてました。俺と新婚生活を頑張ろうとしてました。担当さんだったら、作家をこんなふうに追い詰めなくたっていいはずです」

響のことを――ほぼ見ず知らずに近い相手の躰を案じて、こんなふうに一生懸命に。

「だから……」

さらに根古谷が何か言おうとしたので、響は正気に戻った。

「も、もういいよ……」

響が小声で割って入ったが、根古谷は怒りに震えていてそれどころではないようだった。

『すみません、そうですよね……わかりました』

すると、雪子が珍しくあっさりと引き下がった。

『先生にもよろしくお伝えください。元気になるまで待っていますから』

「わかりました。すみませんでした」

『いえ……すごく素敵でした』

想像を超えた反応だった。なぜか、雪子はうっとりとした口調になっている――気がする。

「は？」

戸惑ったのは根古谷も同じようだ。

怒鳴られたショックで、ねじが一本飛んでしまったのか……？

『先生を守る騎士って感じで……いいですね。すごく素敵。萌えます！』

キシって、ああ、Knight《ナイト》の騎士か……。

それにしても萌えって……。

「すみません、また連絡します」

くふふと笑う雪子の声に悪寒《おかん》を覚えたものの、とりあえず電話を切ってくれる気になったのは有り難かった。

『お大事にしてくださいね。――根古谷さん、先生のことはお任せします。じゃ、失礼いたします』

もっと粘られるかと思ったが、想像以上にさっくりと通話が終わり、響は毒気が抜かれてしまう。

根古谷は通話の終わったスマホをベッドサイドに置いて、それから「すみません」といきなり謝ってきた。

「ど、どうしたの？」

「すみません。俺、早く寝室を出なくちゃいけないってわかっていたのに……その、あなたが心配で」

「心配してくれたのはわかったよ」

いくら何でも、今の態度に響に対する悪意があるとは到底思えない。

「響さんの担当さんに対して、俺、ものすごく不躾《ぶしつけ》なこと言っちゃって……」

「いいよ。助かったから」

「でも、俺……」

「気にしないで。どっちにしても、上手くいかなかったらどうせくびになるかもしれないんだし」

こんなことを言ったらよけいに彼が傷つくとわかっていたのに、つい、口に出してしまった。

「よくないです！」

思いがけず強い声で反論されて、響は目を瞠った。

その場に膝《ひざ》を突き、根古谷は響の目を見つめてくる。

茶色い瞳に、響が映っている気がした。

それが、すごく嬉しい。見つめられているという事実が。

「あなたは物語を作る人なんだ。それを諦めちゃだめです。そのために、俺とこうやって……」

言い募ってから、根古谷ははっとした顔つきで言葉を切る。

「すみませんでした。お腹空いてますか？」

「え……うん」

「じゃ、お粥《かゆ》、作りますね」

立ち上がった根古谷を見ているうちに、目の奥がつんと痛くなってきた。

守ってくれた。後先は考えなかったけど、響のために一生懸命になってくれた。

その事実が、何よりも響を惑わせる。

ずるいなあ。こんなことされたら、好きになっちゃうじゃないか……。

……え？

頭がくらくらする。

何？　僕、今、すごくおかしいことを考えてる。

だけど、こんなことばかりしてもらってたら、好きになるのは当然じゃないか。

そもそも、根古谷はこんなに男前なんだ。

顔も性格も、見惚れるくらいにいい男だ。

もちろん、優しくしてくれるのは彼の仕事であって、彼が心の底から響に優しくしたいわけじゃない。

なのに。

長らく忘れていた感情がこみ上げてくる。

息苦しくて、それでいて、ふわふわとして空でも飛んでしまえそうな感情が。

根古谷が夜中に様子を見にいくと、響は眠っている。

そっと額に手を触れてみたところ、熱は下がっているようだった。

……よかった。

じつのところ、根古谷はかなり反省していた。

相手役可愛さにその仕事相手にあんな口を利くなんて、自分はどうかしている。

社会人失格だ。

情けない。

響は気にしないでいいと言ってくれたが、彼が元気になったらそのときにもう一度きちんと謝ろう。

いや、謝って済むことだろうか。

下手《へた》をしたら、自分は響と女性編集の関係を壊してしまったかもしれない。

そもそも他人の仕事のやり方なんて、千差万別だ。

響だって大人だし、社会人経験は根古谷より長いだろう。

たとえ相手を守るためのものであったとしても、口を挟んだりしてはいけなかったのではないか。

「すみません、響さん」

根古谷の声が聞こえたかどうか、微《かす》かに睫毛《まつげ》が震えるのがわかる。

だが、目を覚ます兆《きざ》しはなかった。

「――さて、寝ますか」

根古谷はくるりと踵《きびす》を返すと、リビングルームへ向かう。

ソファは二人がけなので長身の根古谷には窮屈だが、上京したての貧乏な頃はネットカフェで寝泊まりしていたので、それに比べたら天国だ。

――でも。

「淋《さび》しいな……」

ここ数日で、すっかり響と一緒にいることに慣れてしまった。

華奢《きゃしゃ》な躰を抱き締めて眠る夜。

それがたかだか三日続いただけなのに、今、ものすごく淋しいと思っている。

暇つぶしのためにテレビのスイッチを入れるのも、久しぶりだ。

この家でもニュースくらいは見ていたが、目を惹くものがないとすぐにスイッチを切ってしまうことが続いていた。

それくらいに、根古谷は二人の生活に集中していた。

響と一緒にいるのが、楽しくて。

誰かの一挙一動にここまでどきどきしている自分に出会うのは、初めてだ。

心の奥底、お腹の奥のほうから立ち上ってくる愛《いと》しさ。可愛いという思い。

そうしたものを噛み締めて日々を過ごす喜び。

愛しいということは、つまり、好きってことだろうか。そこまで役柄に合わせなくてもいいはずなのに、自分も相当、のめり込んでいたのか。――わからない……。

「早く元気にならないかな……」

目を閉じた根古谷は小さく呟く。

瞼《まぶた》の裏がちりちりと痛い。

今日は一人で過ごして、何もかもが味気なかった。

ほんの一週間前までは日常だった、一人きりの食卓がとても淋しかった。

無論、できる限り響には疲れを癒《い》やしてほしい。どんな響も可愛いけれど、でも、とても心配になってしまうからこそ、早く元気になってほしかった。

だからこそ、今日の自分の行動への反省は募る。考え込まざるを得なかった。

5日目

朝の光が、しみじみと眩《まぶ》しい。

「ふわ……」

響《ひびき》が大きく欠伸《あくび》をすると、そんな声も出てしまう。

試しにベッドから滑り降りてみたところ、びっくりするほど躰《からだ》が軽かった。このままランニングとかできそうな気がする。

ドアがノックされたので、響は「どうぞ」と答える。

「おはようございます」

どこか心配そうに顔を覗《のぞ》かせた根古谷《ねこや》は、立ち上がった響を見て表情を輝かせた。

「響さん！　もういいんですか？」

「うん。おかげですっかり元気になったみたい。ありがとう」

「よかったです」

根古谷はにっこりと笑うと、それから真顔になった。

今日の根古谷はいつもよりスクウェアな印象のシャツにチノパンツという服装で、普段がラフなのでかっちりして見える。

「歩けますか？」

「もう大丈夫だよ」

早く元気にならなくてはいけないと思っていたから、こうして復活できてよかった。

「そしたら、こっちに来てほしいんです」

根古谷が連れていった先は、バスルームだった。

ここにはカメラが仕込まれていないので、人目のないところで話をしたいということなのかもしれない。

カメラのないところで二人きりになってしまうのは緊張する。

だって、自分は根古谷のことを――好きになりかけているのだ。

そう考えた瞬間、全身がぎくしゃくしてきてしまう。

自然体、自然体……。

心中で響はそう唱える。

「それで、話って何かな」

振り向いた根古谷はきりっと表情を引き締め、響を真っ向から見据《みす》えた。

真摯《しんし》な顔つきに、どきりとさせられてしまう。

「——この話、なかったことにしてください」

「え？　どの話？」

咄嗟《とっさ》には、どれのことかわからない。

「どれって、つまり、あなたの花婿《はなむこ》役をしている件です。俺にはやっぱりできません」

息が、止まるかと、思った。

この人は、何、言っているんだろう……。

せっかく響はさらきらした、甘酸っぱい気持ちを取り戻しかけたのに。

根古谷といると息苦しいくらいだけれど、でも、この気持ちがないのは嫌なのだ。

「どうして⁉」

感情的になって問い詰めてはいけないとわかるのに、声が上擦《うわず》る。

理由を教えてもらわないと、先に進めない。

「俺……あなたが心配で、昨日は私情を剥《む》き出しにしちゃいました。編集さんを怒鳴りつけるなんて、社会人としてあってはならないことです」

「昨日も謝ってくれたけど、あれはあれでいいんだ」

「いいえ」

根古谷はきっぱりと首を振る。

「十日間、俺はあなたのパートナーになったんです。それを完遂《かんすい》できなかった。途中ですけど、俺はこの先続ける自信がありません」

「やめたくないんだ！」

強引に彼の言葉を遮《さえぎ》り、響はその襟首《えりくび》をぎゅっと摑《つか》んで引き寄せた。

「響さん……？」

「嫌だ。ここで終わりにしたくない！」

自分の声が外に聞こえてしまうのではないかという不安は、すぐに消えてしまった。

普段は他人に対してこんなに強く何かを主張したことは、ない。

なのに、こんなに一生懸命に他人に取りすがっている。

恥ずかしくなるくらいに、必死で。

ほら、根古谷がすごく――不思議そうな顔をしているじゃないか。

「だって、どう考えても無理ですよ。響さんみたいな人が、こうやってプライベートを切り売りするのなんて無理に決まってます」

「でも、やめたくない。君と一緒にいたいんだ」

「どうして」

そんなふうに問い詰められると、気持ち的に追い込まれているようだ。

だって、終わりにしたくないのは離れたくないからで、離れたくないのは……。

「響さん？」

「好きなんだ！」

声を荒らげてしまったせいで、それが外に設置されたカメラが拾ってしまうのではないかと不安になって口を噤《つぐ》む。

それから、ふと気づいて、響は自分の唇を押さえた。

今……好き……って、言っちゃった……。

自分の気持ちさえ摑みかねて未確定だったのに、よく確認もしないで。

好きになりそうって思っただけなのに、今、こうして口に出したことで確定的になってしまった。

好きなんだ、根古谷のことが。

おかげで根古谷はぽかんとした表情で、響を見つめている。

穴があったら入りたいというのはまさにこういう気分なのだろう。

「……嘘《うそ》」

耳に届いた彼の声は、こちらが動揺するくらいに掠《かす》れていた。

まさしく呆然、という様子で。

「ご、ごめんっ」

慌てて彼から手を離し、響は一歩後退った。

「ごめん……僕、だめだよね……BL書くからってそれに影響されて……なんかすっかり性別とか関係ないとかその気になって……あ、ＢＬっていうのはボーイズラブってジャンルで……」

何を言ってるんだ、自分は。

募る恥ずかしさにいたたまれなくなり、頬が熱くなるより先に血の気が引きそうだ。

でも、本当にそうだ。

相手が男だというのは、そのときが来るとまるで気にならなくなってしまうものなのだ。

恋をしてしまえば、条件とかそういうものはまったく目に入らなくなるのだと、響は初めて知ったのだった。

「俺も、です」

「は？」

どこに対しての肯定なのかわからずに、響は問い返してしまう。

「俺もあなたが、好きです」

「本気……？」

「はい」

根古谷は真剣な顔つきで頷《うなず》いた。

信じられない。

「待って。待って、根古谷くん」

「何が？」

「ここ、カメラないんだよ？」

「ええ、わかっています」

「だから、演技とかする必要ないんだ」

「演技に見えるんですか？」

「だ、だって僕、男だし、君とこうしたのはネタのためで……不純な動機なんだ。だから、好きって言っても自分でもよくわからなくって……」

こういうシチュエーションは参考図書のBL小説で、それこそ十回は読んだ気がする。

「じゃあ、あなたのその好きっていう気持ちは嘘なんですか？」

「それはない！」

顔を上げた刹那《せつな》、目が合った。

真っ直ぐで、射貫《いぬ》くような目をしている根古谷と。

どうしよう。

どきどきする。

なのに、目を離せないのだ。

「俺も。俺の好きも、嘘はないです。最初からあなたのことをめちゃくちゃ可愛《かわい》いと思っていて、……あなたと一緒に過ごせなかった昨日は、すごく長く感じられた」

信じられない。

こんなふうに、自分の気持ちに相手が届くなんて。

出会ってまだ五日目で……いくら何でもスピードが速すぎる。

へたへたと崩れ落ちた響の躰を、根古谷は咄嗟に支えてくれた。

「好きです。すごく、可愛い」

「やめてよ、そういうの……」

「だって、本当に可愛いから」

嬉しそうに言った根古谷が響の背中をぽんぽんと叩《たた》く。

すごい……。

自分が誰かを好きになって、その気持ちが相手に通じるなんて、思ってもみなかった。

しかも、こんな猛スピードで。

「根古谷くん」

「はい」

「根古谷くん」

「はい」

「根古谷くん……」

三回繰り返すと、根古谷がおかしそうに笑いだす。

「何ですか？　お腹《なか》でも空いた？」

「そうじゃなくて……信じられない。これが夢か何かで、君が消えちゃうかもって思って……」

「いや、いくら何でもそれはないでしょう」

根古谷に突っ込まれてますます恥ずかしくなったけれど、彼の胸から抜け出したら、この喜びが消えてなくなってしまいそうだ。

ずっとこうしていたい。

このまま。

しばらくそうしていてから、彼が口を開いた。

「でも、どうしますか？」

「どうって？」

「この先の展開です。俺たち、このままくっついちゃっていいんですか？」

「どういう意味？」

「つまり、カメラの前でいちゃいちゃするのかってことです」

「あ……」

確かに問題があると、響は口許《くちもと》に手を当てて考え込んでしまう。

恋をするつもりは毛頭なかったから、いざ本気になってしまうと困る。

もしここで響が根古谷と恋愛関係になれば、雪子はここぞとばかりにそれを宣伝に使うだろう。

だけど、それだけは勘弁してほしい。

いくら響が作家で、ある程度は公人だからといっても、自分の私生活をそこまで切り売りしたくない。

それに、録画している以上はどこかしらで告白シーンを入れなければ、視聴者だって不自然だと感じるはずだ。

カメラの前で、もう一度この告白シーンを……できるわけがない。

「ごめん、たぶん、無理」

「そうですよね。じゃあ、知られないようにしましょう」

あっさりと根古谷が言い切ったので、響は驚きに顔を上げた。

「それは助かるけど、どうやって？」

「カメラに写る範囲では、今までと同じにしましょう。それでいいですか？」

「できる……かな」

「大丈夫。俺はこれでも役者ですよ？　今までどおり、きっちり響さんをフォローします」

頼もしい言葉だと思う反面、どうしてだろう。

何だか今の言葉がちくりとした。

「……僕はどうすればいい？」

「響さんはできるだけ仕事部屋にいれば、映らないから平気ですよ。普段と同じに過ごしてください。あとは俺が上手《うま》くやりますから」

「頼もしいな……」

「一応、いろいろ想定してシミュレーションはしてきました」

根古谷は響の緊張を解《ほぐ》すように、にこやかに笑った。

さっきから根古谷の言葉に引っかかっているのだが、それがどうしてなのかまではわからず、響は曖昧《あいまい》に頷いた。

それにしても。

お互いに好き合っているということは、この撮影が終わってからは二人は恋人同士になるのだろうか。

何もかもが信じられなくて、それを確認する勇気が出てこなかった。

何から言おうかと迷い、響は至近距離で根古谷の端整な顔をまじまじと見つめる。

「どうしましたか？」

「夢みたいだ。僕が誰かを好きになるのも、好きって言ってもらうのも……初めてで……」

「そうなんですね。俺、あなたの初めてになれて嬉しいです」

「本当？　僕、格好悪くない？　君より年上なのに、この歳《とし》で初恋なんて……」

「ちっとも」

根古谷は微笑《ほほえ》む。

その表情にほっとして、響はふにゃっと笑った。

「僕、ずっと、恋って恋したい人にしか降ってこないんだと思ってた」

「どういう意味？」

「恋愛したいって待ち構えている人が、恋愛するんだって思ってたんだよ。だから、僕が誰かを好きになったりするなんて……意外すぎて」

「ああ」

くすっと根古谷は笑って、それから、おそるおそる響の髪に触れてきた。

恋をしているとわかった途端に、彼は何だかとても慎重になった気がする。

「そんなことないですよ。恋愛しようって待ち構えていてもそうならない人もいれば、突然一目惚れするやつもいる。俺だって、似たようなものでしたし」

「……ほんと？」

頭がパンクしそうなくらいに、情報過多だ。

「ええ。それから、昨日のあの呼び方よかったです」

「呼び方？」

唐突に話を振られて、響は困惑に小首を傾げる。そんな響のことを見下ろし、根古谷は悪戯《いたずら》っぽくにこっと笑った。

「ねこくんって、寝込んでいるとき」

「あっ……」

ちらりと見えた洗面台の鏡に映る自分は、それとわかるほど真っ赤になっていて、本当に恥ずかしい。

それから、ふと、鏡に映った根古谷の手がもそもそと困ったように動いているのに気づいた。

そうか。彼も戸惑っているのか。

響と両思いになったから。

そう思うと、胸の奥にあった不安とかが一気に溶けていくような気がした。

「あれ、気に入った?」

「すごく」

「じゃあ、普通のときはねこくんって呼ぶね」

「はい!」

根古谷は満面の笑みを湛《たた》えて頷いた。

勢いで好きですと言ってしまったのは、いい。

むろん、響に告白されて、ものすごく嬉しかった。

でも、自分の気持ちと響の気持ちはちゃんと釣り合っているのだろうか。

「わからないな……」

果たして俺の好きは、どういう種類の好きなのだろう。

根古谷はキッチンで腕組みをして考え込む。

自分の気持ちが、よくわからない。

今まで女性とつき合ってきたけれど、そのときのどんな感情とも『これ』は違うからだ。

彼女たちとはもっと節度がある落ち着いたつき合いで、こんなふうに、可愛さに身悶《みもだ》えして転げ回りたくなるような感情に陥《おちい》ることはなかった。

つまり、これはいわゆる『萌え』なのかもしれない。

それに、響は本当に自分のことを好きなのだろうか。

何ごとも貪欲《どんよく》にネタにしようとしている響のことだから、もしかしたら、自分を誤魔化《ごまか》して好きだと思い込み、その気持ちを小説に書こうとしているだけではないか。

十分、あり得る話だった。

——混乱してきた。

根古谷だって、自分の気持ちを百パーセント把握できているわけではない。

響同様、設定に引きずられて相手を好きと思い込んでいる可能性だってある。

ただ、響を見るたびに彼の存在そのものに心を惹《ひ》かれてしまう。抱き締めて体温を感じたくなってしまう。

いても立ってもいられなくなって、たまらなく心臓が震える。

萌えか、錯覚か、恋か。

その境界線が自分でもわからないなんて、激しく重症だ。

とはいえ、この段階であれこれ悩んでいるわけにはいかない。

思い込みだろうと本気だろうと、響の気持ちがただ漏《も》れになりすぎないようにコントロールしないと、あとあとで彼が恥ずかしい思いをすることになってしまう。

ぎりぎりのところでエンターテインメントとして成立させつつ、響に恥を掻かせないような映像を作る。

経験者として、自分こそが響をフォローしてリードするのだ。

そう思うと、俄然《がぜん》、やる気が出てくる。

「根古谷くん」

唐突に声をかけられて、根古谷はびくっとしてしまう。

「は、はいっ」

「すごい反応。珍しくない？」

「あ、すみません」

「ぼーっとしてどうしちゃったの？」

「あ、いえ、今日のメニューを考えて……」

水を飲みにきたらしい響は、微《かす》かな緊張を滲《にじ》ませて冷蔵庫からミネラルウォーターのボトルを取り出した。

そういうところも、いい。

「お腹空いちゃった。今日の夕飯は？」

「メインは鶏肉《とりにく》と葱《ねぎ》のローストです。朝からマリネしておいたのを焼いて、あとはあり合わせの野菜をサラダにしました」

乱切りにした野菜に薄切りにした玉葱、酢漬けのケッパーにビネガーと塩胡椒《しおこしょう》。基本的にこの家に置いていっても使ってもらえないような食材は使い切るつもりでいたため、ケッパーはサラダの味つけに何度も登場していた。

「すごいね、美味《おい》しそう。でも、その料理のどこを考えてたの？」

「…スープを、作るかどうか」

咄嗟に誤魔化したが、響はまるで疑いを抱いていない様子だ。

「そんなに豪華だったら食べきれないいんじゃないかな。きっとそれで十分だよ」

「そう、ですね」

痛いところを突かれた根古谷は苦笑すると、水の入ったグラスを手にキッチンを出ていく響の背中を見送った。

そうして、夜。

食事を終えて二人で食器を洗い、片づけて、テレビを見るのは面倒だったので昔響が旅行に行ったときの写真を見ながら夜の一時を過ごした。

今日は響が先にシャワーを使ったので、寝る前の時間を持て余してスマホで小嶋《こじま》に報告のメールを書いていた。

――今日は根古谷くんと……。

そこまで書いて戸惑ったのは、告白して両思いになりましたとは、小嶋にも白状できないせいだった。

小嶋に言えば言ったで、デリヘルじゃないのにとかどうでもいいところで悩みだすかもしれない。彼を困らすのは本意ではないと考えているうちに背後でぱたぱた音がして、根古谷が寝室にやって来た。

「響さん、電気消していい？」

「あ、うん」

メールは明日にしよう。

何を書けばいいのかわからなくなったからだ。

根古谷が照明を落とすと、あたりが薄暗くなる。しばらく目が慣れないでいると、ぎしりとベッドに重みがかかるのがわかった。

布団に潜り込んだ根古谷は、いつもと違って背後から抱きついてこない。

どうしたんだろう。

振り向こうとしたとき、囁《ささや》くように根古谷が言った。

「緊張しますね」

「いつもと一緒だよ」

言いつつ、響は自分の顔がかっと熱くなるのを感じた。

そうだよ。

両思いだって確認して、初めての夜だ。なのにいつもみたいに一緒に寝て、背後から抱き締められるっていうのは……あまりにもまずい……。

「ほら、昨日はばらばらに寝たから」

カメラとマイクを意識した根古谷が、上手い具合に発言の趣旨を切り替えてくる。

「今日は響さんの布団を取らないように気をつけます」

「う、う、うん、そうして」

早口になってしまったが、それでも、根古谷に合わせて上手く軌道修正できたと思う。

やましいこともないのに取り繕《つくろ》うなんて、かなり心臓に悪かった。

「——おやすみ、根古谷くん」

「おやすみなさい」

二人でベッドに潜り込み、響がスタンドの灯《あか》りを消す。

それを合図に、根古谷が響の躰《からだ》を背後から抱き込んだ。

「うっ」

おかげで、つい、悲鳴とも呻《うめ》きともつかぬ声を上げてしまう。

「響さん……？」

「ご、ごめん……ちょっと驚いて……」

近い。根古谷の体温が近すぎる。いや、近すぎるっていうか完全密着だ……。

完全にパニックを起こしかける響に、根古谷が耳許で囁いた。

「大丈夫。全部、これまでと一緒ですよ。昨日は別々に寝たけど」

「そ、そ、そうだよね……」

「響さん、リラックスして。また体調崩しますよ」

「うん……頑張る……」

リラックスなんて頑張ってするものではないと思うが、つい十二時間ほど前に告白し合ったばかりでこのシチュエーションはかなり拷問《ごうもん》に近い。

それに、この距離。

完全にぴたりとくっついているので、こうしていると、根古谷の心臓の音まで聞こえそうだ。

「いい匂いがする……」

根古谷がぽつりと呟いたせいで、響はますますどうすればいいのかわからなくなった。

戸惑いにおろおろと視線をさまよわせた響は、身動《みじろ》ぎをしようとして、今度は根古谷の下半身に自分の躰を密着させてしまう。

――あ……。

固く、なってる。

根古谷のそこが熱くなっていることに気づいて、自分の躰も汗ばんでくる。

欲情しているんだ。

そして、その対象が自分で。

つまりそれは、彼が自分を間違いなく好きということなのだ。

嬉しいような恥ずかしいようなそんな気持ちが押し寄せてきて、響は真っ赤になった。

6日目

何度も寝返りを打っていたら、いつの間にか、朝になっていた……そんな感じだ。

つまり、ほとんど熟睡できなかった。

響がこんな状態だったので、だいたい同じ時間に目を覚ます根古谷も同じだったらしい。

「おはようございます」

「おはよう……」

お互いにほとんど眠れない一夜が過ぎた。

ベッドから身を起こした根古谷の顔を見ると、目がひどく腫《は》れぼったい。イケメンが台無しというほどではないが、二割引きくらいにはなっているようだ。

それに応じて、たぶん、自分も酷《ひど》い顔をしているだろう。

「あんまり眠れませんでしたね」

「……うん」

響が欠伸をすると、根古谷は困ったような顔になった。

「顔、洗ってきます」

「はーい」

起きたくないのでごろごろしつつ、響はベッドで寝返りを打つ。

将来のこととか小説のこととか、あれこれ考えていたら眠れなかった。

やっぱり、だめだ。

この撮影を乗り切るだけでも精いっぱいなのに、ほかのことを考えたら完全に容量をオーバーしてしまう。

この先のことは、撮影が終わってから考えよう……。

もっとだらだらすることはできるが、とりあえず、気力を振り絞《しぼ》って立ち上がる。

着替えて顔を洗ってからダイニングに行くと、根古谷は既にキッチンでコーヒーを淹《い》れ始めていた。

「もう少しでコーヒーできますよ」

「ねこくん……根古谷くんはすごく丁寧だよね」

「同じ豆だったら美味しく淹れたいじゃないですか。俺の場合、そんなに急いでるわけでもないし」

根古谷はそう言いつつ、慎重な手つきでコーヒー豆に湯を注いでいく。

今日の根古谷のスタイルは、エプロンの下は長袖《ながそで》のTシャツに洗いざらしのチノパンツ。

いつもあまり代わり映《ば》えのしない、ぼさっとした格好の響と大差ないのに、どうしてこんなにスタイリッシュに見えるんだろう？

綺麗めなシャツにスリムなパンツを合わせたところも格好いいが、こういうルーズなところも限りなく似合っている。

そういえば、初日のタキシード姿も素晴らしかった。あのとき、響はかなりの萌えを感じたのだ。

惚れた欲目とかそういうのではなく、根古谷は男前だ。

これで人気が出ないのは、きっと、巡り合わせが悪かったのだろう。どこかでチャンスを摑《つか》めば、きっとブレイクするに違いない。

「大丈夫ですか？」

ぼーっとして立ち尽くしている響に対して不安を覚えたらしく、根古谷が小声で聞いてくる。

「それ、こっちの台詞《せりふ》」

「お互いぼろぼろですね」

「うん」

カメラがあるところではあからさまなことはできないし、そもそも響だってこんな経験が初めてなので何をどうすればいいのかわからない。

初恋だってまだみたいなものなのに、熟成期間もなしでいきなり両思いなんて呆気なさすぎる。

「グラノーラ、食べられます？」

「お腹空いてる」

「よかった、準備しておいて。どうぞ」

白い皿に盛られていたグラノーラは、フルーツがたっぷり添えられていた。

響はこれにヨーグルトをたっぷりかけるのが一番好みだと、根古谷のおかげで発見した。

響が笑顔を見せると、根古谷が眩しそうに瞬きをする。そういうのを一つ取っても、彼が自分に気持ちを傾けてくれている証拠みたいで、何だか……くすぐったい。

根古谷がふと顔を近づけてきて、「あとでバスルームに」と囁く。

「うん」

こくりと頷いた響は、グラノーラに手を着ける。響にコーヒーを渡したあと、根古谷が姿を消した。そこから一分ほどの時間を見計らって、響は浴室へ向かう。

根古谷はそわそわした様子で洗面台に寄りかかっていて、響を見た瞬間安堵《あんど》した表情になる。

「よかった……」

「何が？」

「怒っているんじゃないかと思って。俺、昨晩……その、あなたに……」

根古谷が口籠《くちご》もる様子を見て、響は赤くなった。

響に欲情していたことに、やはり、彼自身も気づいていたのだ。

「怖がらせたんじゃないかとも、心配だったんです」

「いいよ、べつに。僕、嬉しかったから」

響は早口で告げる。

「嬉しい？」

「好かれてるって思った」

訥々《とつとつ》と言う響の言葉を聞いて、不意に根古谷が両手を広げる。そして、いきなり抱き締めてきた。

「わわっ⁉」

「……可愛いです」

感極まったような声。

「どうしよう、俺、あなたとものすごくべたべたしたい」

「は、早すぎない⁉」

驚きと喜びに、声が上擦ってしまう。

「段階踏まなきゃ、だめですか？　触るくらいは？」

「も、もうさわってる……」

抱き締められていると、根古谷の心臓の鼓動まで聞こえてくるみたいだ。

気持ちいい。

どきどきするのに、怖くない。不安でもない。

ただただ、とても、気持ちいい――。

「ねこくん」

響も両手を伸ばして、根古谷の首にしがみついた。

「ねこくん……」

言葉が出てこない。

「可愛いです。すごく、可愛い……」

「僕が？」

「うん。とても可愛い」

「よくわかんない……」

もっとぬくもりが欲しい。どきどきの源である、根古谷の躰にぴったりと触れていたい。

ただ、自分の額《ひたい》をぐいぐいと擦《こす》りつけているだけですごく安心する。心が高ぶる。

この人のことが、好きなんだ。

だからこうしているだけで、頭がくらくらしてくる。

好き、好き……好き。

「あ」

そこで根古谷が我に返ったような声を出した。

「な、なに？」

「もうそろそろ戻らないと、怪しまれますよね。昨日みたいに、担当さんが見ているかも」

「あ……うん」

「じゃ、俺、戻ってますね」

「うん」

響は慌てて頷いた。

「顔、真っ赤だから……治まるまでここにいてください」

「よけい怪しまれるよ」

響が抗議の声を上げると、彼は今までのやりとりなんて嘘のように朗らかに笑った。

「……はあ」

一人きりになった響は、息を深々と吐き出す。

「ほんとに、真っ赤だ……」

火照《ほて》ったような頰《ほお》は林檎なみに赤い。このまま外に出てカメラに映れば、変化がわかってしまいそうなほどだ。

「…………」

でも、すごく幸せだ。

誰かを好きになること。そして、誰かから好かれること。

その『誰か』が根古谷であって、そのタイミングまで一致している。

まるで奇蹟《きせき》みたいだ。

できすぎた展開だけど、根古谷が嘘をつくとは思えない。

この幸せな時間を、少しでも引き延ばしたかった。

7日目

皿洗いをしながら、根古谷はため息をつく。

とにもかくにも、一日が長い。

好きという思いの深さとか釣り合いとか、そうした難しいことを考えるのはやめて響の可愛さに悶《もだ》えたいのに、この家にはカメラが多すぎる。

かといって、外に出かけるには撮影スタッフを呼ばなくてはいけない。

最初に映画館を選んだこともあって、撮影班が入れないようなところには出かけないようにと釘《くぎ》を刺されている。

最初の頃はそれでよかったが、今、この時期に一日中監視を受けて外出するのは正直言ってつらい。

それに、根古谷だって電車の車内や公共の場所で誰かといちゃいちゃする趣味はない。だが、問題は家の中でもそれが制限されるということだった。

一つ屋根の下にいて、あまつさえほぼ二十四時間一緒だというのに、何もできないなんて。

響を抱き締めたい。

そのふわふわのやわらかそうな髪に触れたい。

もう、この気持ちが何だってかまわない。

「あー……」

掌《てのひら》に思わず響の髪の毛の感触を再現してしまい、いたたまれなくなった根古谷はへたへたと座り込む。

これじゃ、自分がとんでもなく変態になった気分だ。

想像して反芻し続けるなんて、精神衛生にも大変悪い。

いっそ、自分は他人からゲイだって思われても気にしませんから、おおっぴらにいちゃいちゃさせてくださいと響に提案してみるべきか？

だが、それを編集のときにどのように切り取って彼らが作品として仕上げるかわからないからこそ、そんな隙《すき》を作ってはいけない気がする。

根古谷自身は、正直に言えばどうでもよかった。

売れない俳優なのだから、失うものは何もない。

この企画でも、与えられた役割を果たすだけだ。

どうして響はこんな企画を考えたのだろう。響が考えたわけではないかもしれないが、こんな企画に乗ったところで汚点にしかならないはずだ。

もっと早く彼に出会っていればよかった。

いや、彼が恋愛モードになっていればよかっただけではないだろうか。

考えれば考えるほどに頭の中がぐちゃぐちゃになって、わからなくなってしまう。

だめだ。

せめて気分転換に何か響が喜ぶことをしようと考えた根古谷は、パンケーキに挑戦することにした。

幸いフライパンくらいはあるし、パンケーキの粉を買ってくればすぐにできるはずだ。

映画館の帰りに訪れたあのカフェのようには上手くできないだろうが、響が喜んでくれることを一つでも多くしておきたかった。

——そうか。

もう七日目なんだ。

あと、三日。

気がつくとこの『新婚生活』はとっくに折り返し地点を過ぎて、自分たちはどこかに着地しなくてはいけない時期が近づいていた。

お互いの気持ちはどうあれ、根古谷が出演している以上は、最初の目標に向かって着陸させる必要がある。

すなわち、響の経歴に傷をつけない範囲でエンターテインメントとして成立させること。

番組を見た視聴者が、作家としての響の作品に興味を持ってくれる必要があった。

にっちもさっちもいかない。

これが色ぼけってやつだろうか……。

「ああ……」

仕事部屋でパソコンに向かう響はため息をつき、頭を抱える。

「あー……」

本当にどうすればいいんだろう……。

呻くことしかできない。

小説のことを考えなくてはいけないのに、根古谷のことで頭がいっぱいで集中できない。

そうでなくとも健全な若者同士、しかも思い合っているのが確定した人間が一つ屋根の下で暮らしているのに、距離を置いて生活しなくてはいけないというのは一種の地獄だ。

お茶でも淹れて、ついでに一息入れよう。

キッチンへ向かうと、珍しいことに根古谷が頬杖《ほおづえ》を突きながらカウンターの前のスツールに腰を下ろしている。

「……根古谷くん、酷い顔」

「響さんこそ」

根古谷は力なく笑い、タイミングよく淹れたらしい、コーヒーの入ったマグカップを手渡す。それを受け取った響は、ゆっくりと飲み干した。

ちらりとこちらを見た根古谷が、すっとキッチンから出ていく。

もしかして、何かの合図だろうか。

マグカップをシンクに置き、響もややあってキッチンからバスルームへ向かった。

根古谷が待っていた――と思うまでもなく、抱き締められる。

「ね、ねこくん⁉︎」

悲鳴に近い声を上げてしまってから、響は慌てて口を押さえた。

「だめ、限界」

「な、な、何が」

「ぎゅってさせて。響さんの可愛さを味わいたい」

それだけでいいから、と囁いた根古谷が首筋に鼻面を擦り寄せてくる。

近い……近すぎる。

少し湿ったみたいに皮膚《ひふ》の感覚。

「それだけでいいの？」

「うん、十分……響さんを補給できるから……」

ため息交じりの根古谷の声が、色っぽく響く。

ここはいつものバスルームだ。ラバトリーにかけられたタオルが昨日と変わっているのは、彼が取り替えてくれたのだろう。

何だか根古谷からもいい匂いがする……。

同じシャンプーとコンディショナーを使っているし、ボディソープだって一緒のはずだ。なのに、つけた人間からは違う匂いが立ち上るのだ。

「——恥ずかしいよ」

思わず躰を捩《よじ》る。

「だめ？　嫌だったらやめる」

「そうじゃなくて……僕もしたくなる……」

「何を？」

触ってみたかったのは、たとえば、根古谷の顔。

完璧すぎるくらいの描線のその輪郭《りんかく》。鼻。眉毛《まゆげ》。頬骨。それから、唇。

「意外と大胆なんですね」

「え？」

「俺にも触らせて。響さんの可愛い唇」

指先でなぞられて、くすぐったくなって口を開けてしまう。それだけでは飽き足らずに、根古谷の指が入ってきた。

その指が気持ち悪いなんて思えなくて、つい、舐《な》めてしまう。

「わ」

根古谷が驚いた顔をして、ぱっと手を離す。

「ご、ごめん」

「ううん……俺に答えてくれるなんて、すごく可愛い」

感激しきった表情で、根古谷が響をぎゅっと抱き締める。

「もっとしていい……？」

「もっと？」

その端整な顔が近づいてきたので、反射的に響は目を閉じる。

唇がぶつかる。

うわあ……キスだ。

キス、してる。

心臓がばくばくと震える。

子供の頃、誰かと戯《たわむ》れにしたキスとはまったく意味の違う、大事なキスを。

ぽーっとなってしまった響から顔を離し、根古谷が「響さん？」と尋ねる。

「ご、ごめん……すごく、きもちよくて……ぼーっとしちゃった」

「俺もすごく気持ちよかった。好きな人とのキスって久しぶりだ」

「え？」

「ほら、芝居では舞台の上でキスしたりするから。そういうときも相手の役に恋をするけど、これとはまた——違う」

もう一度唇が重なってくる。

ただ触れられているだけの、キスだ。

もっと深いものが世の中にあるとわかっているけれど、根古谷は決して急がなかった。

8日目

しゃっきりしないままの朝。

欠伸をした根古谷はベッドで眠っている響を見下ろす。

まったく……もう。

こんなに安らかな顔で眠られると、自分がまるで道化みたいだ。

そんなことを思う。

昨晩は全然、眠れなかったからだ。

根古谷はぐしゃぐしゃと髪の毛を掻き混ぜる。

タイムリミットまで、あと四十八時間プラス二時間くらい。

二人が一緒にいられる時間は、あまりにも短い。

「……はあ」

ため息をついた根古谷はしばらく響を見下ろしたあと、起き上がってリビングルームへ向かった。

あと二日。

そのあいだに自分ができることって何だろう。

腕組みをして考え込んでいた根古谷は、ぽんと手を打つ。

一つだけ自分にできることがあると思いついたせいだった。

どうせ今日はスーパーマーケットに行くつもりだったから買い出しついでだ。

鼻歌を口ずさんでいると、響がのそのそと起きだしてきた。

「……おはよう」

「おはようございます」

根古谷が微笑むと、響がぽっと頬を染める。それから、何となくという調子で切り出した。

「ねこ……根古谷くん、機嫌良さそうだね」

「そうでもないですよ」

根古谷はふっと笑った。

「朝飯、できてますよ」

「…ありがと」

響はほっとしたように頷くと、ダイニングテーブルに載っていたグラノーラを食べ始める。

「俺、午前中のうちに買い出しに出かけますけど、どうします？」

「買い出し？」

「そろそろ食糧が尽きてきたので」

「じゃあ、僕も行くよ」

「いいんですか？　仕事は？」

「気分転換、必要だから。それに、一緒に何かするのも花婿の役割だよね」

機嫌良く話しかける響を見て、愛おしさが湧き起こってくるのをまざまざと感じた。

「じゃあ、掃除でもします？」

「掃除？」

響が首を傾げたので、ここぞとばかりに根古谷は頷いた。

「ええ。冷蔵庫の大掃除しようと思って。今日、買い出しに行ったらまた冷蔵庫がぎちぎちになっちゃうから」

「あ……そうか……考えたこともなかった」

響が目を丸くするのを見て、根古谷は小さく笑う。

「響さん、ちょっと浮き世離れしてますもんね」

「そうかなあ。普通だと思うけど」

「普通じゃないですよ」

少なくとも自分の創作活動のために花婿を派遣してもらうなんていうのは、根古谷の常識から考えるとかなり逸している。

とはいっても、そうした響のある意味男らしい決断がなければ、二人は出会うことさえなかったのだ。

彼に感謝するのは当然だった。

撮影スタッフを呼んでから、今日は商店街ではなく、二人で昼間のスーパーマーケットへ向かう。撮影許可はその場でスタッフが取ってくれた。

道すがらぽつぽつ話してみたところ、響はあまりスーパーが得意ではないらしい。遠いし、ネットでも買えるし、人混みが不得手なのだろう。

特に、今日みたいに売り出し中となるとレジも混雑している。

もっとも、根古谷としては特売の今日こそが本領発揮だ。

買い物かごをカートに二つセットして臨戦態勢に入る。

「今日はどうするの？」

「さんまが安いから有馬煮にでもしようかな。山椒、大丈夫ですか？」

「あ、うん」

「ちなみに生のさんまは、目が綺麗でお腹が割れてないものを選ぶといいんです。響さんがさんま買うことがあるかはわからないですけど」

軽口を言いつつ、根古谷は食材を選ぶこつをあれこれ教授する。

それらを響が覚えていてくれるかはわからないものの、何か少しでもいいから自分の知識を響の中に残していきたかった。

「今日は何、作るの？　さんまと鶏肉と……野菜？　これじゃ明日までに使い切らないよね」

「今日と明日で、いろいろ保存食作っておこうと思うんですよ。響さんのところ、冷蔵庫空っぽだし」

そう言いながら、根古谷は容器も何かしら買っておかなくてはいけないと思い立った。

「……それって、どういう、意味」

「え？」

「どうして作り溜めておくの？」

「俺がいなくなっても、しばらく食べるものがあったほうがいいかなって」

意外な反応で、根古谷は心中で首を傾げる。

「……そういうの、いらないよ！」

いきなり、響が押し殺した声で言った。あまりの険《けわ》しい口ぶりに、そばにいた親子連れがびくっとして二人から距離を取ったくらいだ。

反応できないでいる根古谷に、響が畳《たた》みかけてきた。

「終わりとか、そういうの考えられても…全然嬉しくない」

はっきりとした拒絶に、心臓が止まりそうになる。

響がこんなふうに自分の感情を明らかにするのは初めてで、根古谷は呆然《ぼうぜん》とする。

「おせっかいだって言いたいんですか」

「……そうだよ」

「俺だってあなたの躰を心配する権利くらいあるでしょう」

「ないよ」

唐突に響が言い切ったので、根古谷は更なる衝撃を覚えた。

「ないって……どうして！」

仮にも自分たちは恋人同士じゃないか。もちろんそれは撮影上ここでは明かせないので歯《は》痒《がゆ》い限りだったが、そういう気持ちくらい響だってわかるはずだ。

なのに、響はすっかり蒼褪《あおざ》めて、見るからに憤《いきどお》っている。

しかし、そんな響を気遣うだけでいられるほど根古谷も人間ができていない。

怒ったならどうしてそうなったのか知りたいし、はっきり言わずに察してもらおうとする響の態度にも怒りを覚えた。

「どうしてですか」

根古谷もまた、厳しい口調で響を追及する。

「そんなことまで君に言わなくちゃいけないわけ？」

鬱陶《うっとう》しそうな口調で反論されて、どうすればいいのかと狼狽《うろた》えてしまう。

事態を収拾しようと慌てている裡《うち》に、響が「先に帰る」といきなり言い出した。

「でも」

「――あと、明日は外食したいんだ。じゃあ」

「響さん！」

響は振り向かずに、スーパーマーケットの出入り口に向かって歩きだしてしまう。

確かに撮影内容としてはそろそろマンネリなのでこのあたりでトラブルが欲しいところだが、喧嘩《けんか》なんてしたくはなかった。

明日の外食の予定なんて聞くのは初めてだったけれど、それを知らずに根古谷がメニューを考えたのが原因か？

いや、それだけじゃない気が……する。

むしろ、保存食を作ろうとした差し出がましさに腹を立てたのではないか。

それならそう言ってくれればいいのに、あんなふうに頭ごなしに怒るなんて思いやりがなさすぎる。

何にしても釈然《しゃくぜん》としない。

根古谷は苛々《いらいら》しながら買い物を続けた。


……やってしまった。

あんなふうに怒るつもりはなかったのに、いろいろな感情が絡まってきついことを言ってしまった。

もともと響は感情の起伏がそう激しいほうではないから、自分でも自身を理解しかねてその変化にもついていけなかった。

響は悶々《もんもん》としながら家路を辿《たど》る。

二人がばらけてしまったことで撮影スタッフは、根古谷を撮影し続けることを選んだようだ。彼らにも迷惑をかけてしまうし、自分のしていることは本当に最悪だった。

響は帰りがけに見つけた公園に立ち寄り、ブランコに腰を下ろす。

「僕……馬鹿だ……」

自分のほうが年上なのに、つくづく情けない。

でも、実際、どうすればいいのかわからないというのは響なりの本音だ。

根古谷と二人で新婚生活を送っていても、次作のアイディアはさっぱり浮かんでこない。

それどころか、根古谷と一緒にいたい気持ちで頭の中がぐちゃぐちゃになってしまって。

ちっとも集中できない。

「もう……やだ……」

こんな自分が嫌になる。

ブランコに座ったまま、響はそれを漕ぎ続ける。

いきなり声をかけられて顔を上げると、ブランコのすぐ前には根古谷の姿があった。

「ねこくん……」

「先、帰ったかと思ってました」

「……君こそ、買い物終わるの早かったんだね」

「結局、今日の夕飯の分だけにしたんで」

カートに乗せたものを戻してしまったようで、根古谷の荷物はエコバッグ一つに収まっている。

離れているのも変だと響は立ち上がり、仕方なく根古谷に近づいた。

「持とうか？」

「一人で平気です」

それきり、沈黙。

気まずさに耐えかね、響は口を開いた。

「……ごめんなさい」

「すみません」

二人が謝るタイミングがまったく一緒で、驚きにお互いに顔を見合わせてしまう。

「ねこくん……？」

「あ、いや……俺、なんかデリカシーがないことをしちゃったみたいで。俺がいなくなったあとのことなんて、考えられても気持ち悪いですよね」

「そうじゃないんだ」

響は急いで首を振った。

言わなくてはいけない。大事なことを伝えないとよくない結果に終わってしまう。

「僕のわがままだよ。君と離れるのが、すごく、淋《さび》しくなるって思ったんだ」

「え？」

「君がいなくなったら淋しいのに……いろいろ気遣ってもらったらよけいにその気持ちが押し寄せてきて。君がいなくなったあとのことを考えると、悲しくてたまらないのに、君が平気そうだから……」

目を見開いた根古谷が、ふと視線を足許に向けて、それから「すみません」と短く言った。

「ごめんね、僕が悪いんだ。ごめん。外食のこともお礼のつもりで考えてて……言おうと思ったんだけど、取材のこととか小嶋に相談してたら言いそびれて……」

「いえ。俺、嫌われたかなって思いました」

「まさか！　嫌ったりしないよ」

「よかったです。――ほっとしました……」

声音を緩めた根古谷が笑みを浮かべたので、響の心もやっと晴れやかなものになる。

「こんなふうに君を振り回すなんて、僕、花婿失格だね」

「そんなことありませんよ。新婚の相手を強く思っているのがよくわかって、俺、感動しました」

「感動なんて……」

そうやって褒《ほ》めてもらえて、とても安心できた。

「――じゃ、家に帰ろうか」

「はい！」

耳によく馴染《なじ》む根古谷の声を聞きながら、響は幸せな気持ちで帰宅した。


恋愛を彩《いろど》るイベントの一つとしての、喧嘩。

そういうものかもしれないけれど、喧嘩なんてしないに越したことはない。

響といさかいを起こしてしまった。

そう思うだけで、根古谷の胸は文字どおり潰れそうだったからだ。

キスをした喜びも、響と言葉を交わす感動も、全部くすんで色褪《いろあ》せてしまうところだった。

だからこそ、すぐに仲直りができてよかった。

帰宅して冷蔵庫に買ってきたものを詰め込んでいた根古谷はしみじみと、今日のやりとりを噛《か》み締めた。

響が素直に自分の気持ちを教えてくれる性格で、本当に助かっている。

そこまで響が別れ難《がた》いと思っていてくれたなんて、感動的だった。

たかだか十日足らずで、こんなにも強い感情が芽生えていたとは。

年上の作家なんて扱いづらいだろうと思って身構えていた。あの初日の緊張を思い出す。

そんなことはまったくない。

世慣れぬ響は可愛くて、本物であれ偽物であれ、とにかく初めて巻き込まれた恋の嵐の中で踏ん張ろうと頑張っている。

だから、制御できなくなってしまう。

人の気配がしてちらりと顔を上げると、使い終わったグラスをシンクに戻しに来た響と目が合う。彼は何か言いたげな顔をして、それから視線を流す。

バスルームで、という合図だ。

響がキッチンを出ていったので、作業を終えた根古谷はバスルームへ向かう。

響は洗面台に寄りかかるようにして、スマホを弄《いじ》っていた。

「すみません、待たせて」

小声で言うと、響は「待ってないよ」と首を横に振った。

「それに、待つのも楽しいと思うんだ」

はにかんだような笑顔を見せつけられると、もう、それで頭がおかしくなりそうだ。

「可愛いこと、言わないで」

根古谷は呻く。

「もっと好きになっちゃうから」

「それは、だめなことなの？」

響に問われて、根古谷は首を横に振った。

「そんなこと、ないです」

でも、ストッパーは必要な気がして、根古谷はそれ以上のところにはなだれ込めずにいる。

今やバスルームが、二人にとってのほぼ唯一の逢《あ》い引《び》きの場所だった。

「キスして、いい？」

「……だめなんて、言ってないよ」

「そうでしたね」

昨日も二度ほど呼び出して、キスをした。

響がそれをまったく嫌じゃない様子で受け止めてくれたので、今日は思い切って舌を入れてみた。

「んん……」

少し苦しげに鼻を鳴らしながらも、響は拒まなかった。

せつなげに震える躰。

縋《すが》りついてくる細い指。

この指で彼があんなに繊細な恋物語を紡ぐなんて。

そんな彼が自分に心を寄せてくれているのだと思うと、喜びに胸が震えた。

「響さん」

この躰を自分のものにしてしまいたいのに、思いを遂げられないことが口惜《くちお》しい。

こんなに可愛くて、愛《いと》しくてたまらないのに。

我慢できなくなった根古谷は、思わず唇をすべらせてその首にキスをしてしまう。

「ひゃっ⁉」

途端に響が上擦った声を発したので、根古谷ははっと我に返った。

「すみません、俺……調子に乗りすぎた」

「ううん、そんなことないよ。僕だって、ねこくんといちゃいちゃしたいもの」

健気《けなげ》すぎる響の言葉に胸がきゅんと痛くなるのを感じつつ、根古谷はこのままならない状況に歯嚙みした。

抱きたい。

カメラが設置されていてベッドルームが使えないのなら、いっそこのバスルームで思いを遂げてしまうこともできる。

だけど、そんなことはしたくない。

これは響にとって初恋のようなものなのだ。それを自分の欲望だけで踏みにじってしまっていいはずがない。

彼にとっては、恋愛とはロマンティックなもので、欲望は二の次に違いない。

あんなに繊細で美しいラブストーリーを描く響の心を、どうあったって汚せない。

ここでは自分が紳士になるほかないのだと、根古谷はぐっと堪えた。

9日目

「あーあ……」

仕事場のパソコンに向かい、響はぺたりとキーボードに顔を伏せる。スイッチが入っていたせいでディスプレイには謎の文字が羅列されたが気にはならない。

ストレスが溜まる。

しかも思いっきり。

このもやもやした気持ちを創作にぶつければいいのかもしれないが、そうも言っていられない。

どうすればいいのか。

考え込む響のパソコンが音を立てる。見ると小嶋からのメールが入っていた。

『調子はどう？』

軽いノリのサブジェクトだった。

――たまにライブカメラ見てるけど、何だかすごく行き詰まってるぽくない？　平気か？

いよいよラストなんだし、ばーんとくっついちまえよ。

小嶋らしい文面で、焚《た》きつける一方の雪子《ゆきこ》とはまったく違っている。

でも、言えない。

小嶋だって響の友人であると同時に、ジューンブライドの社長なのだ。彼は社員のために、仕事を安定させる義務がある。

悩んだ末に、響は『問題ない、あと一日だから頑張るよ』と書いて返信を送った。

好きな人ができて触れ合えるほどの距離にいるのに、それが叶わないのは欲求不満の一語に尽きる。

自分はこれまで恋をしたことがなかったのかもしれない。

そう思えるくらいに、今の自分は根古谷に触れたくて触れたくてたまらない。

ぎゅって抱き合うだけじゃ足りない。もっともっと、彼の匂いを嗅《か》いだりしたい。熱を感じてみたい。

明日を過ぎれば、それは叶うのだろうか。

椅子《いす》の上で膝《ひざ》を抱えたそのとき、仕事場のドアがゆっくりと叩かれる。

「はい」

相手はどう考えても根古谷なので振り向きもせずに返事をすると、「あの」と声をかけられた。

「ど、どうしたの？」

後ろめたいことなんて何もないけれど、今の自分は思春期の少年のように欲望にまみれまくった発想に気づかれたくない――。

「社長からメールが来たんですけど、今日、急な打ち合わせがあって撮影スタッフを出せないそうです」

自分にはそういう事務的な内容のメールを寄越さなかったのは、小嶋なりの気遣いかもしれない。

「あ、そうなんだ……どうしよう。編集部に頼んでみる？」

「いえ、俺が撮影係やります。カメラマンとキャストで一人二役になっちゃいますけど」

キャストという言い方が、まるでこの企画が演劇か何かのように思えてきて少し嫌な気持ちになった。

でも、そんなことを言って昨日のような言い争いになるのは避けたかった。

「ごめんね、迷惑かけちゃって」

「そんなことありませんよ」

「本当はねこくんのご飯、好きだから食べたかったんだけど」

でも、最後くらい根古谷の負担を軽くして労いたかったのだ。

「そう言ってもらえて嬉しいです。昼飯は腕を振るいますから」

「そうすると夕飯が食べられなくなっちゃいそうだ」

声を立てて笑う響を、根古谷は目を細めて見つめていた。


どの店に行くのかは迷って、結局、根古谷のお勧めのワインバーになった。地下鉄で二駅だったし、特に肉料理が美味しいのだという。あらかじめ根古谷がある程度の撮影をしてもいいかと聞いてみたところ、まだ早い時間だったからほかのテーブルは空いていたので、周囲の客を映さなければ平気だというやりとりになった。

店内の適度な喧噪《けんそう》の中、店長お勧めのワインを飲みながらの食事は楽しかった。

「どういう気分ですか？」

「何が？」

「今回の企画、明日で終わりでしょう」

「ほっとしてるけど、少し不安かな」

飲み慣れないワインを飲んでいるせいか、酔いの回るスピードがいつもよりずっと早い気がする。

「不安？」

「番組として面白くなるのかなって」

それを聞いた根古谷は、「ああ」と頷いた。

「それは俺もわからないです。でも、編集する人が上手ければ、いい感じにつなぎ合わせてそれらしく作ってくれるんじゃないかな」

「だといいんだけど」

注文したのは、前菜に鮮魚のカルパッチョ。豚肉《ぶたにく》のハーブ風味。季節のサラダ。それからキッシュ。どれもかなりボリュームがあり、あまり酒を飲まないせいもあって響としては大満足だった。

「明日も似たようなこと聞かれそうだから、答えを考えておいたほうがよさそうですよ」

「そう、だね」

頷きながらも、響の心は不安と期待の両方に染まっていた。

面白い番組になるかどうかはわからないという心配。

それから、こんな自分にも恋人ができたのだという喜びと期待。

作家としてこれを上手くネタに消化できるのだろうかという不安。

そんなものがすべて、自分の中でごちゃ混ぜになっている。

「僕、君の演技が見てみたいんだ」

「演技を？」

「君がどんな役を演じるのか、見たいんだ。だから、田舎になんてしばらく帰らないでほしい。まだ、三年目は終わってないんだよね？」

「……ええ」

どこか眩しげに頷く根古谷に対し、響は熱っぽく主張する。

「僕と君は同じような悩みを抱えてるだろう？　だから他人に思えないんだ」

「そう、ですね」

満腹するまで食事を楽しんでから、店を出る。地下鉄の駅への道をゆっくりと歩きながら、響は何気なく根古谷を見上げた。

「ねこくん、格好いいね」

やっぱり、ものすごく酔っているのだろうか。

いつもよりずっと素直に、ふわふわした言葉が出てくる。

「俺が？」

「うん。そういう格好……ジャケットにパンツって、タキシード姿見たとき以来だから、新鮮。ほら、普段はカジュアルだし」

「惚れ直しましたか？」

「すごいな、どうしてわかったの？」

冗談のつもりだった。だが、根古谷は響の腕を掴み、いきなり建物と建物の隙間の狭い路地に入り込んだ。

「ねこくん？」

一メートルもない場所は薄暗くて、根古谷の顔がよく見えない。

「響さん」

名前を呼ばれて抱き竦《すく》められたと思った次の瞬間に、唇を重ねられていた。

こういうとき、キスってどういう味がするんだろう。

そう思ったけれど、不思議と根古谷のいつもの味しかしない。

「ん……ん……」

滑り込んだ舌が、響の唇と歯茎《はぐき》のあいだの粘膜をざらりとくすぐる。その異様な感覚にどきっとして口を開けると、舌が入り込んできた。

この時点で響の口はだらしなく半開きになってしまい、唾液《だえき》がぱたぱたと零《こぼ》れる。

気持ちいい……。

好きな人とのキス。

おまけに、体勢のせいで根古谷の腿《もも》が響のそこに当たっていて、半ば押し上げるようにして刺激を加えてくる。

「ふ、ぅ……やん、ん……」

自分のものとは思えないほどに甘ったるい、声。

それくらいに、このキスに溺《おぼ》れてしまう。

「さ、撮影、は……？」

「録画を忘れたって言えばいい」

「でも、それ……」

「こんなところ、撮られたい……？」

まさか、とばかりに響はぶんぶんと首を横に振った。

そうしているあいだにも下半身の熱は急速に高まっていき、響は行き場のない体温に不安を覚えた。

このままじゃ、出てしまう。

「ねこくん……どうしよ……」

「どうしたの？」

「気持ちよくて…変……ぼく……」

「出そうですか？」

「う……うん……」

何を言っているんだと思いつつも、こんなふうになってしまっては家に帰る自信がない。

「出して、いいですよ」

根古谷は囁いて、響の前をくつろげた。

「へっ⁉」

「出して。俺の手ならいいでしょ？　全部舐めてあげるから……出して？」

そんなにいやらしいこと、その顔で言われたらたまらない……。

「だって…そんな……あ、あっ……ふ……」

響はびくびくと腰を突き上げるようにしながら、根古谷の手の中に精液を放ってしまう。

もう、だめだ……一気に頭がふわふわしてきた。

「……す、すみません」

酔いも手伝った響がぐったりしていると、根古谷が唐突に謝ってきた。

「ん……いいよ……僕も悪いから……」

「でも、俺……こんなことしないようにって思っていたのに」

「そう、なの……？」

「歩けます？　タクシーがいいかな」

焦っている根古谷は、声も態度も固くなっている。

どうしたんだろう。

そう思ったけれど、頭がゆらゆらしている。

結局、タクシーで家に帰った響は、最後の夜だというのにシャワーも浴びずに寝てしまったのだった。

10日目

長いようで短い新婚生活も、今日でおしまい――か。

結局、キスと愛撫《あいぶ》だけの十日間が終了した。

とはいえ、特に後者は響にはとんでもない事態なのだが、あれは酔っていたし、今日で考えることがたくさんある。

「コーヒー、どうですか？」

最終日だというのに根古谷はとても落ち着いていて、そわそわしている響とはまるで違う。

この先のことを約束したいけれど、でも、上手く口に出せない。

ここでは撮影されているから気づかれてしまうし、かといって、バスルームに誘って話をする時間はない。

「どう思う？」

どうしようもなくなった響は、割とどうでもいいことを口にしてしまう。

「え？」

「今回の企画。なんか中途半端っていうか、微妙じゃない？」

「そうですけど、女性にはこれくらいでいいんじゃないでしょうか。上手く編集して、それらしいものになると思いますよ」

どうしたのか、根古谷の態度がひどく素っ気ない。響にはいつになく他人行儀な気がしてしまって、そわそわする。

「盛り上がるのかなあ……これ」

「いざとなったら、編集段階で俺も手伝いますから」

にこりと笑った根古谷は、それから手元のクリアファイルから紙を取り出した。

「これ、最後のアンケートです。今回の満足度とか、書いてもらっていいですか？」

「あ…うん…」

根古谷の雰囲気がいつもと違うので、よけいに落ち着かない。

これから先、二人はどうなるんだろう？

そこで、インターフォンのベルが鳴った。

「あ、俺、出るんで書いておいてください」

「わかった」

根古谷がモニターへ向かったので、響はアンケートに真剣に取り組む。

生来の真面目《まじめ》な性格が頭をもたげていろいろ書き込んでいるうちに、根古谷が小嶋と雪子、それからスタッフの男性を伴ってやって来た。

「お疲れ様です」

「あの、今日も撮影あるんですか？」

このあとは簡単な打ち合わせと打ち上げの予定なのだが、どう考えても撮影スタッフがいる。

「ラストはお互いへのインタビューで締めようと思って。二人がこの共同生活で恋が芽生えたかとか、そういうのが必要でしょう」

明らかに核心に迫ったことを、雪子がさらっと言った。

「あ……そう、ですよね……」

響は思わず口籠もった。

「じゃ、とりあえずインタビューしましょ」

雪子の言葉に、てきぱきと皆が支度を始める。気圧されたようだった響もまた、それに従うことにした。

もっとも、芸能人と違ってメイクや着替えをする必要はないので、適当に居場所を整えた程度だ。そういうところでも、この映像は響と根古谷の生の魅力を伝えるものになるかもしれないと思った。

「萩島《はぎしま》先生、十日間の同居生活を終えてどうでしたか？」

「ええと……その、楽しかったです」

無難すぎる答えが出てきたが、もうちょっと具体的にとインタビュアーの後ろで雪子が紙を掲げたので、考えながらつけ加える。

「僕は、大学入学のときに上京してきて、もう七、八年はずっと一人暮らしだったので……久しぶりに誰かと一緒に過ごせて、いいなあって思いました」

「恋心は芽生えましたか？」

「あ、の……根古谷くんはイケメンなのでどきどきしましたけど、恋かはわかりません」

あらかじめ考えていたとおりの、無難な帰着点。

ちらりと根古谷の横顔を伺ってみたが、薄く笑みを湛えるその表情から彼の心理までは推し量れない。

「根古谷さんはどうですか？」

「俺はこれまでつき合ってきた相手は全部女性だったので、男性と同居すること自体が初体験でした。とても新鮮でしたね」

響よりもずっと落ち着き払った口ぶりだった。

「それで、どうでしたか？」

「響さん…萩島先生くらいに可愛い人だったら、恋愛対象になるなって思いました」

ぎょっとした響が根古谷を見やるが、彼はまったく動じない。

「じゃあ、このまま押していけばいいのでは？」

「いくら好きでも、俺一人の気持ちでどうこうなることじゃありません。恋かって言われると、それはわからないですし」

根古谷もまた、それなりに無難な回答で着地させる。

「この先、二人のあいだに本物の恋が芽生える可能性は？」

「萩島先生次第だったと思いますが、先生の答えでは難しそうですよね。それなら俺は、今回生まれたこの気持ちだけでも、大切にしていきたいと思っています」

根古谷はあくまでにこやかで、女性が喜びそうなことを的確に盛り込みつつインタビューに答えている。

「響さん……いえ、萩島先生には大事なものをもらいました。一生の宝物にします」

胸に手を当てて、根古谷が微笑む。

その表情に胸がきゅんとときめくのを感じた。

彼にその顔をさせているのが自分だったら、すごく、嬉しい。嬉しいけれど、複雑な心境だ。

「ありがとうございました」

お互いに挨拶《あいさつ》を終えて、撮影は終了する。

「皆さん、お疲れ様でした！」

雪子がにこにこと笑いながら、ぱちぱちと拍手をしてくれた。

「あの……これで、大丈夫なんですか？」

「平気平気。上手い感じに編集しますから」

「……はあ」

響はいまいち気乗りしていなかったのだが、雪子たちはなぜか手応《てごた》えを感じているようだ。それならば水を差すのも本意ではなかったので、任せることにした。

「先生、どうでしたか？　長丁場、お疲れだったでしょう」

雪子が珍しく労《いたわ》ってくれるようなことを言ったので、響は少し驚いてしまう。

「あ……そうでもなかった、です。最後はカメラあるのあまり意識しなかったし。根古谷くんは？」

「俺はいっつも意識してましたよ」

苦笑する根古谷に、響は目を瞠《みは》った。

「あら、さすがのプロ意識ですね」

雪子は先日、根古谷に怒鳴られたことなどまるで気にしていない様子だった。

どうしてだろう、さっきから根古谷の言葉が一つ一つ引っかかる。

ううん、さっきだけじゃない。

根古谷が大事なことを口にしているのに、響がそれをわかっていないだけなのだろう。

それが何なのか考えるべく腕組みしてみたが、思い至らなかった。

「じゃ、お疲れ様でした！」

だいぶお酒が入ってほろ酔い加減の響に、雪子が「しっかりしてくださいよ」と声をかける。

「ごめん、気が緩んだみたい」

「私、萩島先生を送っていきますね」

打ち上げの会場はおそらくビジネスマンが接待に使うような高級そうな居酒屋で、居酒屋と呼ぶのも憚《はば》られた。

おそらく、雪子なりに張り込んでくれたのだろう。

「あ、それは俺が送ります」

「いいですよ、根古谷さんはもうパートナーじゃないんですし」

さらりと放たれた雪子の言葉に、根古谷がぐっと返答に窮《きゅう》したようだ。

ここで、それでも俺が連れて帰りますとか言ってほしい。

だって、打ち上げのあいだずっと響は根古谷と話ができなくて、仕方なく勧められるままにビールを飲んでいるうちにここまで酔っ払ってしまったのだ。

「そう、ですか……じゃあ、萩島先生、気をつけて」

萩島先生って、なに……？

すっと線を引かれた気がして、俯《うつむ》いていた響は顔を上げる。

「ねこくん……」

「新作楽しみにしています」

無難すぎる挨拶は、どう考えても恋人に対するそれではない。

まるでこれまでの十日間が夢だったような気がして、動揺に響は口をぱくぱくさせる。

代わりに雪子が言うべきことを伝えてくれた。

「新作できたら、弊社からジューンブライドさんづけで送りますね」

「はい！」

優等生の返事をした根古谷がタクシーを止めてくれたので、響が先に乗り込み、次に雪子が乗車した。

どうしようとおどおど視線をさまよわせるまでもなく、タクシーが発車してしまう。

ビニール貼りのシートでもそもそしていると、雪子が上機嫌に話しかけてきた。

「先方も、いい人選んでくれましたね。根古谷さん、きっと売れますよ」

「ど、どうして？」

「何度かカメラをチェックしたんですけど、かなりの演技派ですもの。行動にそつがないっていうんですか？　きっちりとＢＬが好きな女子に受ける男性像を演じてましたからね。先生も録画を見ればわかると思いますけど」

「そつが、ない……？」

どきりとした。

「中盤から先なんて、完全に恋する男性の目でしたよ。あれはいいわ」

雪子の口ぶりは確信に満ちていて、響は何も言えなかった。

もっとも、恋をしているのは当然だ。

根古谷は自分を好きなのだから。

でも、どうしてなのだろう。

そのことに何か不吉な胸騒ぎを感じる自分もいるのだ。

それから

1

『じゃ、仮の映像を限定公開でネットにアップしてるんで、チェックしてくださいね』

雪子の弾んだ声が、スマホからきんきんと響く。

「はい」

立ち上げたパソコンのデスクトップには、雪子からの着信メールの表示がある。

『細かいところは直せないので、どうしても気になるってところだけお願いします』

根古谷が個人的に撮影をしていた映像を含め、ざっくりとした編集ができたので確認をしてほしいという連絡があり、響は電話をしながらブラウザを立ち上げる。

『すごく甘い出来ですよ』

今回の企画の映像がかなりいい出来になっているらしく、

「甘い？」

『恋に落ちる五秒前くらいの、甘酸っぱさが漂《ただよ》ってるんです。表情とか目線とかにそれが見えていて、素敵ですよ。さっすがプロですねえ。お願いしてよかったです』

「わかりました。またご連絡します」

言われていたとおりの動画アップロードサイトをチェックする。

「……わ」

タイトルの『十日間』というテロップが出て、思わず赤面してしまう。

機材の割に意外と本格的に作ってあって、ジューンブライドのスタッフの総合力には感心するほかない。

そんなわけで最初から気持ちが削《そ》がれかけていたのだが、根古谷が登場したのですぐに画面に見入った。

あれから一週間経つが、根古谷からの連絡はない。

こちらから連絡してもいいのだろうか。

迷ったけれど、自分が知っているのはＳＮＳのＩＤだけ。これを既読無視とかされたらたまらない。かといって、小嶋に詳しい連絡先を聞いても教えてくれるとは思えない。

連絡していいものか。それとも、慣れない生活の後遺症で疲れているかもしれないし、しばらく放っておくべきなのか。

そんなこんなで迷っているうちに一週間だ。

どうして連絡をくれないんだろう。

忙しくなってしまったのだろうか。それとも本当に実家に帰ったのか。あるいは、響に気を遣っているのか。

わからない……。

でも、初めてのまともな恋を経験したのに、好きな相手から何のアクションもないのはきつかった。

この映像を見たら、根古谷に感想っていう口実で連絡をしてみよう！

響はそう思いついて、表情を緩める。

それに、根古谷だってこれをチェックしているだろうから、あちらからのアクションがあるかもしれない。

それなら、自然に連絡を取れそうだしいいきっかけにもなる。

『さて、まずは根古谷さんへの事前インタビューです！　これから新婚生活を送るわけですが、どうですか？』

マイクを持ったインタビュアーは顔は映っていないが、そのにやける表情まで想像がつくかのようだ。

『俺が花婿――じゃなくて花嫁になることで、萩島先生の創作活動にプラスの影響が出ればいいなって思っています』

『先生の著作物は？』

『小説は全部読みました！　もともと大好きなんですよね』

根古谷の台詞の歯切れがあまりにもよかったので、つい、見入ってしまう。

『ということは研究済みですか？』

『研究というか……ファンの延長線です』

『そういうわけで、根古谷くんのインタビューでした』

『よろしくお願いいたします』

最後にきりっとした根古谷を映してインタビューは終わり、例のタキシードでの登場シーンになだれ込む。

胸が苦しい。

どうしてだろう。

映像の中にいる根古谷を追っていく形式で、視点は完全に根古谷視点だ。

『花婿派遣で君が来てくれたことはわかっているし、大事な前提だ。でも、これだけははっきりさせておきたい』

『何ですか？』

『男として主導権を握られるのはやっぱり嫌なんだ。だから、僕が……あの……その、花婿じゃ……だ、だめ、かな？』

そんなやりとりまで再現されていて、響は恥ずかしさに身悶えしてしまう。

それと同時に、カメラのレンズを一枚通すことで、あのときはわからなかったことにいろいろ気づいてしまう。

たとえば、根古谷の視線とか、細かい癖とか。指の動きとか。

一つ一つの仕種にまで、計算があるように見えるのだ。

これが『恋する男に見える』という、雪子の評価の理由に繋がるのだろう。

これまで何度かちらちらと考えては打ち消してきたものが、はっきりとした気がする。

——つまり。

考えたくないけれど、根古谷の行動はすべて演技だったのではないか。

大いにあり得る事態だった。

そもそも、響の小説は女性向けなので男性の読者は多く見積もっても三割程度だ。その三割にいかにもイケメンな根古谷が入るとは考えづらい。

しかも、撮影が終わった途端にいっさい連絡をしなくなったし、なおかつ彼は連絡先を置いていかなかった。

いや、連絡先は知っているけど、SNSのIDなんてあやふやなものだ。

それらの事実に鑑《かんが》みても、今回は彼の売名行為のために響を欺《あざむ》いていたのではないだろうか。

そう考えると、最後の日の妙なよそよそしさにも納得がいくのだ。

恋する男を演じているうちに、響がそれに本気になってしまって。

かといって根古谷が響を振ってしまえば、彼の恋する男演技は整合性がなくなってしまうので、それを演じ続けるために話を合わせたのではないか。

それが最後のインタビューでの回答に行き着いた、と。

――酷いよ……。

ぐすっと涙がこみ上げてきて、響は俯く。

そもそも小嶋は響の嗜好はわかっているし、そのあたりは雪子と打ち合わせをしっかりしているわけだから、それなりに響の好みに近い人物を送り込んできたのだろう。

そのうえで根古谷は響の恋愛小説を読んで研究し、響に気に入られるように振る舞う。

一か月や二か月だったらボロが出たかもしれないが、十日ならきっと問題はない。

やがて見覚えのある出会いのシーン。二人のやりとりがダイジェストになっており、それから、根古谷が買い物に行くシーンに切り替わった。

『響さんの好みは…ええと……』

呟く根古谷の声が風景の中に入り込んでいる。

どんなときも、根古谷は響のことを考えていた。

そういうシーンばかりピックアップしているのだから当然なのだが、根古谷の頭の中は響でいっぱいに見える。

『俺のこと、少し怖がってたかなあ』

独白する根古谷の、淋しそうな声。

胸が締めつけられる……。

これが演技でないと思えば、一途な男に好かれているのだと自分の立場に酔えた。

でも、あくまで根古谷のしていることはお芝居なのだと思うと、どれもがしらじらしく感じられる。

おまけに根古谷は響がいないところで自分の個人的なシーンを撮影していたらしく、料理や家事をしているところ、散歩をしているところなどが写されていた。

響を見て「可愛い」と反応しているところ。響のことを考えながらご飯の支度をしているところ。

後半になると根古谷は完全に響に恋をしていて、叶わない恋に打ち震える男と化していた。

『わからなくなる……本当に俺はあの人を好きなのか、そうじゃないのか』

曖昧な境界線上の感情。

戸惑う根古谷の姿はリアルで、響でさえもときめきそうになる。

恋心を全否定されたあとなのに、それでも、彼は素敵だと思ってしまう。

驚いたことに、根古谷が雪子を一喝《いっかつ》したやりとりまで入っていた。映像は流れていなかったが、カメラの音声は生きていたのでそこは使ったようだ。

映像自体はスタイリッシュに仕上げられている。プライベートをめちゃくちゃ切り売りされているけれど、これで根古谷の本気度が一段とアップして見えて、株が上がりそうだ。

みじめだった。

自分だけが根古谷を好きになってしまって、十日間の恋に溺れて、その先を夢見て。

恥ずかしくて、情けなくて、そして、とても悲しい。

ただの演技ならば、キスなんてしないでほしかった。この膚《はだ》に、無責任に触れないでほしかった。

たとえそれが、響との関係を円満に保つためであって、お互いの仕事のためであったとしても。

本当のことが知りたい。と同時に、知りたくないとも思ってしまう。

だめだ。

こんな状態で、連絡なんて取れない。

どうせ根古谷の気持ちなんてわかりきっているのに、こちらから連絡をして悲惨な結果を知らされるのは最悪の展開だった。


それから、何ごともないまま三か月が経過した。

一般において三か月というのは長いものかもしれないが、遅筆の響にとってはすべてが早送りのようにあっという間だった。

例のドキュメンタリーは『十日間』と銘打ちネット上で数回に分けて公開され、かなりの反響を呼んだ。ショートバージョンと銘打ったCMは再生回数があっという間に十万回を超えたそうで、雪子が昂奮しきったメールを寄越した。

昂奮といえばジューンブライドにもかなりの反響があり、花嫁・花婿の派遣件数は右肩上がり。もちろん根古谷を指名する人物が一番多かったが、当の根古谷は花婿をしばらく休むということで、落胆する人も多かった。

無論、肝心の響の小説『十日間』もついこのあいだ見本誌を受け取ったばかりで、明日発売の予定だった。

あれから雪子に急かされ、響は突き動かされるように自分の気持ちを小説にしたためた。遅すぎる初恋。その恋は実らなかったけれど、恋をすることはやめられない――というシンプルな物語。根古谷視点のドキュメンタリーに対するアンサーソングのようなもので、『十日間』を見ると二人の気持ちが噛み合う構成になっている。無論、私小説ではないので登場人物の名前も職業も違う。しかし、二人の生活からインスパイアされたのは明白で、ぎりぎりのところでフィクションになっているというのが雪子や帯を書いてくれた同業者の評だった。

残念ながらBLにはならなかった――書店員や雪子に読んでもらったが、BLというにはカテゴリーエラーとの判定だった——が、仄《ほの》かにＢＬの匂いがする恋愛小説という謎のジャンルに収まった。

装丁も上品かつシンプル。女性が手に取って読みやすいよう、本文用紙も軽いものにしてもらった。

『先生！　いい報告です！』

半ば寝惚けている響をたたき起こしたのは、雪子の第一声だった。

覚醒していないのにスマホに出た途端、素晴らしく上機嫌だった。

「おはようございます……」

『新刊、重版が決まりました』

「へ」

新刊の重版なんて言葉、耳にするのは何年ぶりだろう……。

——ではなくて。

「だってあれ、発売明日ですよね？」

『ええ、でも追加注文が殺到しすぎて配本分では足りなくなるだろうってことで』

「売れ残ったらやだなあ……」

今までさんざん断裁されてきたと脅されていたので、いきなりの大重版には戸惑ってしまう。

『勢いで何とかなりますって。ネット書店でも予約一位を独走中ですよ』

「それは、ネットは強いんじゃないかな。もともとネットで流した番組だし」

『読者の皆さんはお二人の恋愛に興味津々ですからね』

「胃が重いよ……」

ドキュメンタリー版の『十日間』では、二人の結末を流してはいない。いやらしいことに、「続きは小説で」というあの商法だ。さすがに予約特典にDVDをつけることはなかったが。

ともあれ、二人の関係にやきもきしている人は多いようだ。

――どう考えても、ねこくんは響先生に恋してると思います。

――あのせつなそうな目線、見てるだけで泣けちゃうよね。

――先生が落ちそうで落ちないんだもん。じりじりしちゃいました。

そんなコメントが殺到するほどに、根古谷は見事なまでに恋する男を演じきっていた。

そりゃあ、プロですから。売れなくても役者は役者ですから。

……なんて、そういう拗《す》ねた感想を抱いてしまう。

響に惚れていたなんていうのは、根古谷の嘘だ。

根古谷は与えられた役割を演じて、番組を上手く盛り上げただけ。

あの濃すぎるスキンシップは、役柄に没頭するためのきっかけか何かに違いない。

一線を越えなかったのだって、本当は男が気持ち悪いからに決まっている。

このプロモーション自体は何だかんだと話題になり、テレビでも取り上げられた。おかげで信じられないくらいの再生数だと雪子は喜んでいた。

無論、批判の声だってある。

いくら売れなくなったからといって、純文学の作家である響が色物めいたことをする必要はないのではないかとか、いわゆる腐女子を当て込んでの商売なんて見苦しいとか。

そんな批判はどれもが響の心を通り過ぎていき、重いものにはなり得なかった。

だって、それよりもずっと悲しくて苦しいことがあるから。

耐え難い現実があるからだ。

「……ばっかみたい」

響は椅子の上で膝を抱え、ため息をついた。

根古谷に利用されていたというショックから、立ち直れない自分が馬鹿だと思う。

結果的に響はいい思いをしたし、恋愛小説を書くヒントももらった。

根古谷だってそれなりに名前と顔を売れたから、彼にとってもプラスになっただろう。

でも、だからめでたしめでたしと言うわけにはいかない。

それくらいに、根古谷にのめり込んでいた。

今でも、好きだ。

会いたくて会いたくて、何度も夢に見た。

会おうと思えば会う手段はあることが、何よりもつらかった。

これならば異世界に飛ばされたりしたほうがましだ。

忘れられない胸の痛みが、いつも、響を苦しめるのに。


書店の店頭に足を向けると、シンプルな表紙の『十日間』はどーんと平積みされている。それも売れているらしく、『十万部突破』のPOPが躍っていた。

「すごいな……」

顔を隠すために眼鏡をかけた根古谷は、ついつい呟いてしまう。

インタビューの仕事を終えた帰り道、大きな書店があったので寄ってみたのだ。

例の動画は想像以上の反響があった。その件での取材を何本か受けたあと、物珍しさがよかったらしく、次は舞台の端役に呼んでもらえた。そのうえ、クランクアップ寸前のドラマで事務所の先輩俳優が体調を崩して出られなくなったものがあり、穴埋めのかたちで呼んでもらえたのだ。

最後の二回だけのゲストキャラだったがそれなりに難しい役柄を何とかこなし、スタッフにも気に入ってもらえたようだ。印象的な役だったのも手伝って、どこかしらでまたドラマの仕事はもらえそうだった。

それもこれも、響に出会ったことが理由だった。

なのに、彼とはこの三か月、一度も会っていない。

もちろん、響のＩＤは知っていたのでＳＮＳ経由で連絡を取ることは可能だったが、スランプで苦しんでいる人の集中を掻き乱すのは不本意だった。

彼は根古谷の思い人であると同時に小説家だ。表現者として生きるためには私生活さえ切り売りする覚悟があった彼に、自分の感情を押しつけてその執筆を邪魔したくない。

それに、最後の晩の自分の行動が信じられなくて、響に接近する自信をなくしてしまったのだ。

響のためにロマンティックな初夜にしたいとあんなに思っていたくせに、我慢できずに触れてしまった。

自分は酷い。まさに狼《おおかみ》のような野蛮な獣性を秘めていた。

こんな状態で響に近づけば、きっと酷い目に遭わせてしまう。

恋愛がトラウマに変わってしまうかもしれない。

そんなふうに悶々とまるまる一日考えた末に、本が出ることがわかってから連絡を取ろうと決断したのだ。

だが、それは根古谷にとってはかなりの苦行だった。

離れると、お互いの気持ちが冷めるかもしれない。

そもそも、出会いと発展がイレギュラーだったために、つき合おうとかつき合っているとか、そういう会話すらできなかったのだ。

将来の約束が何一つできないままに離れてみたけれど、とても恋しくなった。

萌えなんて感情では片づけられない。

この思いは、確かに恋だった。

毎日、響のことを考えた。

彼の著作を日々読み返し、あの可愛い人のことを思った。

会えないことについて考えなくて済むように、根古谷は現実逃避に仕事に没頭した。

ストイックなほどに演技に打ち込み、頭の中に占める彼を忘れようとした。

それが、周囲に『一皮剝けた』と言われる所以《ゆえん》だったのかもしれない。これまでとは違う意気込みで根古谷は仕事に集中し、評価を上げていった。

だけど、いつまで待てばいいのだろう。

そろそろ、自然消滅と思ってもおかしくないぎりぎりのラインだ。

こうして『待て』のポーズのままじっとしていたら、響に忘れ去られるのではないか。

「あの、すみません」

「はい」

いきなり女子高生に話しかけられて、書店の前で物思いに耽《ふけ》っていた根古谷はびくっとして振り返った。

「根古谷千明《ちあき》さん、ですよね？　この本の」

彼女はそう言って、書店のビニール袋から『十日間』を取り出す。どうやら、根古谷の姿を見つけて慌てて買ってきてくれたようだ。

「あ……はい。ボールペンでいいですか？」

「平気です！　お願いします！」

隠しても仕方がないので頷くと、根古谷は差し出された本に持っていたボールペンでサインを入れる。

「これ、面白かったです！」

「え」

買ったばかりのはずなのに、どういうことだ？

怪訝《けげん》そうにしているのが態度から伝わったのか、彼女はふふっとどこか誇らしげに笑った。

「発売日に買って読み終わってたんです。これ、二冊目……根古谷さんがいるの、見えたから」

「そうなんだ。二冊もありがとうございます」

自分の存在が響の足を引っ張ったりすることだけは、許されない。こうして一つでいいから、彼のために何かができれば嬉しい。

だけど、本当は会いたい。

もう一度会って抱き締めたい。

「どうぞ」

サインを受け取った少女はぱっと頬を染めて、「ありがとうございました！」と頭を下げた。

「今度、萩島先生のサイン会行くんです」

「え、そうなんだ」

「この本、すごく素敵で……どうしてもサイン欲しくなって。誰かを好きになるのっていいなって思いました！　先生によろしく伝えてください！」

「……うん」

あまりこの場に留まるとさらに視線を受けてしまいそうだったので、根古谷は適当に話を切り上げてその場を立ち去った。

よろしく伝えてください、か。

彼女のその言葉を根古谷は噛み締める。

――会いたい……。

途端に、愛おしさがこみ上げてくる。

もうずいぶん我慢したじゃないか。

住所だって知っているし、著作が出たばかりの今ならば、きっとスケジュールに多少の余裕があるはずだ。

だとしたら、これ以上躊躇《ためら》うことなんてないのではないか。

うじうじ悩んでいたって仕方がない。

会いにいこう。

一度堰《せき》を切った感情は、もう、溢《あふ》れだして止まりそうになかった。

見ず知らずの女子高生にいきなり背中を押された気分だったが、これまで溜まり溜まっていた会いたいという気持ちを、もう抑えることができなくなっていたのだ。

ここで下手にクールダウンしてしまったら、一生きっかけを摑めない気がする。

このまま何もなくなってしまうほうが嫌だ。

意を決した根古谷は、たまたま近くにお気に入りのパティスリーがあるのを思い出した。

手土産《てみやげ》になるかわからなかったがパウンドケーキを購入し、ラッピングしてもらう。

これで、差し入れをするためという口実はできた。

そこから、覚えていたとおりのルートで響のマンションへ向かった。

もろもろの時間をプラスすると書店から響の部屋までは、一時間ほどかかった。

そのあいだに自分の気持ちが冷えて、家に帰ろうと思うかもしれない。そう考えたのだが、
引き返す気持ちにならなかった。

響のマンションのエントランスで、根古谷は以前教わった暗証番号を押してみた。

開かない。

当然のことながら、用心のために変更したのだろう。

今度はインターフォンを鳴らし、響の部屋を呼び出した。

『はーい』

くぐもった声は女性のものだった。

女性……？　雪子だろうか。いや、いくら何でも他人の家のインターフォンに編集さんが出るだろうか。

「あ、あの……萩島さん、ですか？」

『えっ？』

彼女は怪訝そうに問い返した。

「こちら、萩島さんのお宅ですよね？」

『違います。私、最近引っ越してきたばかりで……前の方のことですか？』

がつんと頭を殴られたような、そんな錯覚があった。

「すみません……何か、行き違いがあったと思います。ごめんなさい」

混乱してきた。

もちろん、引っ越したことを根古谷に知らせる義理は——ある。ものすごく、あるはずだ。

だって、根古谷は彼とつき合うつもりだったのだ。

響もそのつもりだったのではないのか。

メールアドレスは知っているけれど、返信をもらえるかどうか自信がない。

それにＳＮＳでメッセージを送ったところで、ブロックされているかどうかは送信者にはわからない。

いつまでもエントランスに留まっているわけにもいかず、根古谷はふらりと歩きだす。

混乱する中、メールの着信に気づいた。

もしかしたら、響からの返信だろうか。

慌ててスマホを取り出した根古谷に届いたメールは、『至急・オーディションについて』というタイトルだった。

マネージャーからだ。

気持ちが激しく落ち込んでいたが、無視するわけにはいかない。根古谷は大きくため息をついてから、メールを開封した。

2

世の中、しみじみと何が起こるかわからない。

地下鉄に乗ってぼんやりと車内吊り広告を眺めていた響は、心中で噛み締める。

まさか『十日間』を出したことで、自分のデビュー作である『未熟な心音』が映画化されるなんて思ってもみなかった。

無論、当時も企画をたくさん持ち込まれていたのだが、どれも立ち消えになったり、あるいは折り合いがつかずに断ったりした。

そうして映像化なんて話がぱったり来なくなった今日この頃、『十日間』で響がスポットを浴びたため、また映像化のオファーが舞い込んできたのだった。

起死回生の一発は、響を再び時の人にした。

雪子は大喜びでさまざまな企画が来ていると報告し、二人でいろいろ吟味しながらこの映画化はゴーサインを出すべきだろうと結論づけた。

今回は映画監督も響の好きな人だったし、脚本家も定評がある人物だ。何より、少しでも原作の販売に繋がるのであれば断る理由はなかったので、響はそれに了承した。

いつ何時売れなくなるかわからないのだから、なりふり構っていられないという事情もあったからだ。

そもそも、なりふり構える立場であれば、あんなプライベートを切り売りするような企画は端《はな》から断っている。

地下鉄を降りて指定されていた番号の出口から地上に出ると、木枯《こが》らしが吹きつけてくる。

「さむ……」

寒がりだったけれど、ダウンでもこもこになっているのも格好悪いと思って薄手のコートを着てきたのは失敗だったかもしれない。

滅多に着ないスーツに合わせたのだが、これでは入社したての新入社員みたいで貫禄というものが皆無だ。

コンビニエンスストアであたたかいお茶でも買いたかったが、地下鉄が遅延したせいで余裕がない。

それに、方向音痴なのだからスマホアプリの言うとおりに進まないと道に迷いそうだ。

あれこれと考えながらオーディションの会場に着いた響は、廊下で待ち受ける人々のあいだを小さくなってくぐり抜ける。

そのとき、はたと足を止めてしまったのは。

見覚えのある人物がいたからだ。

ねこくん……。

どうして？

前よりもずっと、男前になった気がする。たぶん、俳優としてのキャリアを積み始めたことで、根古谷は成長を遂げたのだろう。

驚きのあまりじっと見つめてしまったせいで、彼が視線に気づいた。

振り返った根古谷は、響を見つけて人懐っこく笑う。

このところ連ドラの端役などに名前を運ねるようになり、少しずつ知名度は上がってきているらしい。

そんな根古谷の爽《さわ》やかな笑顔に気圧され、響はどうすればいいのかわからなくなる。

なのに、じわじわと熱いものが胸にこみ上げてきて、響は狼狽《ろうばい》してしまう。

……まずい。

まだ好きだ。

すごく好きだ。

忘れようと思っていた気持ちが、ぶり返す。

彼を見ているだけで、あの甘くてせつなかった十日間を思い出してしまう。

自分は利用されただけだ。そのうえ根古谷はこんなオーディションに出て、さらに話題をかっさらおうとしているに違いない。まるで骨の髄《ずい》までしゃぶり尽くすかのような根古谷の行動には怒りを覚えるが、でも、そんな彼の貪欲さは自分に通じるものがあって嫌いにはなれなかった。

「先生！」

小走りでやって来た雪子に呼ばれて、響ははっとする。彼女の声が今は救いだった。

「顔色悪いですけど、大丈夫ですか？」

「平気、です」

やっと平常心が戻ってきた。

とにかく、オーディションに私情は挟んではいけない。もちろん響はキャスティングに口を挟むつもりはなかったので、何か意見を聞かれたときだけ答えるつもりだった。

「……あの」

「はい？」

「根古谷さんがいたんですけど……」

「ああ、あれ。事務所の関係で、直前に呼んだみたいですね」

「そうですか……」

経緯はどうあれ、根古谷が来ていることには変わりない。

「何かまずかったですか？」

「いえ、大丈夫です」

いくら何でも、ここで根古谷を抜擢したらただの出来レースだ。

それではオーディションに参加したほかの俳優に失礼だし、話題作りの一環なのだろう。

そう考えた響は、雪子に促されるまま会議室へ向かった。


……疲れた。

オーディションが終わったあと、響は送っていくという雪子の言葉を断った。

久しぶりの外出だったから、歩いて帰りたかった。

それに、根古谷に会ったことで心が乱れていて、どうしようもなく気持ちの整理がつかなかった。

この冬の風に吹かれて、自分の気持ちを冷ましたい。

皆の演技は申し分なかったけれど、やはり、主役に相応しいのは根古谷だと思えてしまった。

それが悔しい。

そして、ここでもう一度根古谷と接点ができてしまうのが、怖い。

「――響さん」

暗がりからぬっと出てきたのは、根古谷だった。

「ねこく……」

昔の呼び名で呼ぼうとしてしまい、つい、口許を押さえる。

「どうしたんですか、こんなところで」

他人行儀な口調で言ってのけてから、ここは無視して歩きだすべきだったとすぐさま後悔した。

足を止めてしまった以上、根古谷と会話をしなくてはいけない。

「響さんに、会いたかったから待ってました」

暗い色味の帽子を被って細身のウールのコートを身につけた根古谷は、こちらが見惚《みと》れるほどにスタイリッシュだ。

「会いたかったって……役が欲しいから？」

ストレートに聞いてしまって、自分の対応のまずさに舌打ちしたくなる。

「そうじゃないです」

「じゃあ、何？」

「俺に黙って引っ越したでしょう」

「…………」

なぜそれを根古谷が知っているのかと、響は動揺してつい口籠もってしまう。

「どうして教えてくれなかったんですか？」

「何か用事があるなら、編集部を通してください」

「好きな人に会えないからって、担当さんに言うんですか？」

根古谷がくだらないとでも言いたげな口調で聞く。

「そんなの……」

好きな、人？

この期《ご》に及んで、根古谷はまだその設定を貫くつもりなのか。

「そんなの、嘘に決まってる。そういうの、もうやめてくれないかな」

断言しつつもどこか腰砕けになってしまうのは、響の弱さの表れだ。

「嘘って……嘘ついてどうするんですか？」

いくらこの辺がビジネス街で人気の少ない時間帯とはいえ、誰かに見られたらと思うと気が気ではなかった。

でも、話を途中でやめるわけにもいかない。

「君は僕を利用したんだ。どん底から這《は》い上がるために」

「そんなのお互い様じゃないですか」

根古谷はまったく動じなかった。

「それはわかってる。でも、少なくとも僕は、もうそういうのは嫌なんだ。あの十日間で完結させて、何もかもなかったことにしてほしい。オーディションには僕はただ出席しただけで意見は言ってないし、決定権もない。何かあるなら玉崎《たまさき》さんに言ってよ」

「オーディションのことは関係ないでしょう、今は」

「どうして」

「これはプライベートで、俺たち二人の問題です」

わけがわからない。

根古谷が何を言いたいのか、響にはさっぱり理解できなかった。

「だって君は、僕に気に入られるために最初から本を読んで研究していたじゃないか！　僕を好きなふりして、君に都合のいいストーリーを作り上げてた」

「芝居だったら役作りはしますけど、俺は最初から響さんのファンだったんです」

「そんなこと、信じられない。証拠を見せてよ」

我ながら子供っぽい言い様だった。

証拠なんて、見せられるわけがないとわかっているのに。

「学生演劇をやってたとき、恋する女の子の気持ちを知りたくて、初めてあなたの本を手に取ったんです。役作りで必要だと思ったから。でも、『未熟な心音』の弘明《ひろあき》は読んでてこれは俺だ、って思って……」

根古谷は唇を綻《ほころ》ばせた。

「たまたま書店であなたを見かけて、サインをねだったこともあります。……ええと、ほら」

胸ポケットから彼は手帳を取り出して、そこに挟まれていたものを見せる。

月明かりでもわかる。

黄ばんだレシートの裏に書かれたサインは、確かに響のものだった。

日付は――五年前。

「お守り代わりに持ってて、ずっと捨てられなかった。捨てるわけないですよね。大ファンの先生にもらったものなのに」

つい自分で突っ込んでしまったらしくて、根古谷は恥ずかしげに口許を押さえた。

「それ……何で言わなかったの？　あの番組でも、オーディションでも言えば……」

「花婿役が響さんの濃いファンだったら、社長だって警戒して近づけませんよ。『ミザリー』みたいな展開になったら困るじゃないですか」

根古谷は困ったように肩を竦めた。

そうだろうか。

「オーディションのときは、やっぱり実力を見てほしかったですし。俺が話題作りのために呼ばれたっていうのはわかっていますから」

「……ごめん」

「あなたが謝るところじゃないでしょう」

実際、根古谷は弘明のイメージにぴったり合っていて好評だった。ただ、いくら話題作りといっても実際に彼を選ぶと出来レースのように見えてしまうという意見は響以外に言うものもいて、結果は棚上げになっていた。

「それはわかったから、もう帰るよ」

響はできるだけ突き放すような淡々とした口調で述べた。

「オーディションなんてどうでも……よくはないけど、俺は、あなたと誤解し合ったまま自然消滅するほうがつらい」

確かに、そうでなくとも、彼にはいろいろ聞きたいことがあるのだ。

仕方なく響は口を開いた。

「誤解も何もないよ。最初から、ああいう演技プランだったんだよね？」

「演技プラン？」

「僕を好きな振りをして、あの番組を盛り上げる。そうやって玉崎さんか小嶋に頼まれてたんじゃないのか」

「方向性を仄めかされはしましたけど、明確に依頼はされてはいません。もちろん、こういうふうな番組作りをしてほしいっていうプレッシャーは感じてました。でも、俺は俺の思うままにあの十日間過ごしたんです。誰かに強制されたわけじゃない」

だめだ……わからない。

根古谷の言葉を信じていいのか、疑い続けるべきなのか。

だけど、でも、今の根古谷の表情は真剣そのもので、これで嘘をついているのならアカデミー賞で主演男優賞だって狙えるほどの熱演だ。

「じゃあ、何で連絡くれなかったの……？」

「執筆中のあなたの心を掻き乱したくなかった。社長にだって、あなたは新作に打ち込んでるって言われていたし」

言われてみればそのとおりだ。

そういうふうに紡がれる言葉が嘘だと思えるほど、響はすれていなかった。

実際、考えながら言葉を紡ぐ根古谷の表情に嘘はないと思えたのだ。

「それなら……何も、しなかったのは？」

「え？」

「チャンスあったのに、つまり、その……えっちしなかった……」

案の定、根古谷はぽかんとしている。

自分でも何を言っているのかわからない。

三か月以上も前のことを根掘り葉掘り聞いているうえにうだうだと文句ばかり並べ立てて、女々しすぎる。

「だから、気持ち悪いんだろうって思った……好きっていうのもフェイクだから……何もしないんだろうって……」

そこまで聞いた根古谷が突然噴き出したので、これまで本気で悩んでいた響はむっとした。

「何で笑うの」

「すみません。ああいうことをしたから、俺はあなたと距離を置いたんです。そうでなければ、無理やり何かしてしまいそうなくらい、あなたのことを好きになってた。そもそも、好きじゃない相手の……その、局部なんて触れないですよ」

「何をしても、いいのに……」

「響さんはロマンティストだから、きっと、すごく綺麗な初めてがいいと思ったんです。バスルームで忙《せわ》しなくするセックスじゃなくて、とっておきの夜にしたいって。俺とのことがトラウマになったらと思うと怖くて、何もできなかった」

そう言った根古谷は、響の腰を抱き寄せる。

「僕のこと、そんなふうに思ってたの……?」

「はい。一作目からずっと読んでますから」

根古谷はにっこりと笑った。

「それに、生半可な気持ちであなたを抱けないって思っていた。俺は、あなたを恋しているのか、設定に影響されて、あなたを好きだと思い込んでいるのかよくわからなくて。それで、自分でも混乱したんです」

「混乱？」

「あなたにときめきすぎて、自分の気持ちを摑めなかった。でも、今は自信があります」

唇が震えて、「何の？」と聞く声が無様に掠れた。

「あなたのことが好きです。大好きだ。離れているあいだ、毎日あなたのことを考えていました」

それは。

欲しかった言葉。

何よりも、求めていたもの。

冗談でも何でもない、真剣な告白。

「――新刊、読んだ？」

告白に答える代わりに出し抜けに響が尋ねると、根古谷はあっさりと頷いた。

「ええ」

「読めばわかるよね……僕はロマンティストで、それからすごく未練がましい。女々しいし、いつまでも初めての恋を忘れられない……」

『十日間』のあらすじは、こうだ。

一時代を築いたのに売れなくなった作家が、想像力を取り戻すために恋をしようと試みる。

相手のことを好きになってしまったけれど、相手の気持ちはわからない。わからないまま、二人は離れてしまう。

こんなやり方で誰かを好きになっても意味なんてない。ただ虚しいだけだ。そうわかったけれど、でも、きっと次もまた人を好きになってしまう――それだけの話を、響らしいタッチで描いているところが新鮮だと評判がよかった。

根古谷のいうとおり、響はずいぶんなロマンティストだったのだ。

「君を忘れられない。今も。今も、すごく……好きだ」

「じゃあ、お互い様ですね」

顔を近づけてきてキスをする寸前、根古谷はそう告げる。

「俺もめちゃくちゃ未練がましい。あなたと離れるのが耐えられなかった」

申し訳ないことに初めての恋ではないけれど、と付け足さないだけ彼は紳士的だった。

実際、響はどうしようもなく根古谷が好きで、好きで、忘れられなかった。

根古谷も同じ気持ちでいてくれたのが、とても、嬉しくて。

ロマンティックなんだか即物的なんだかわからないけれど、久しぶりに触れた唇は熱くて、何よりも甘い。

「ン」

一生懸命鼻で息をしながら、響は根古谷に取りすがる。

根古谷の匂いと、ぬくもりを感じる。

それだけでもう、幸せすぎてどうにかなりそうだった。

3

思いつく限りのロマンティックな場所はどこだろう？

そう考えた二人は、結局、根古谷のマンションへ向かった。

二人であれからホテルとかいろいろ考えたけれど、逆に、何だかしらじらしくて嘘っぽい気がしたからだ。

「ねこくんの家、初めてだ」

恋人の家に初めて上がるというのは、何だかときめくシチュエーションだと響は実感する。

「普通のマンションですよ。狭いし」

根古谷の部屋はそこから地下鉄で数駅のところだそうで、彼はマスクをして車両に乗り込む。まだオーディションの最中ということもあって響は彼と違う車両に乗り、示し合わせて同じ駅で下車した。

そのあいだのやりとりはずっとSNSでしていたけれど、他愛もない会話ばかりだ。

それでも、相手にメッセージをした瞬間に既読になるのは嬉しかった。

お互いに相手と繋がるのを心待ちにしていたのがわかるからだ。

目当ての駅では同じ出口で出て、まるでストーカー気分で根古谷のあとをついていく。ときどき『次で曲がります』とか道案内のメッセージが飛んできて、根古谷の背中を追いかけていれば問題ないのにとおかしくなった。

そうして、やっと根古谷のマンションに到着した。

「どうぞ」

言われたとおりの３０１の部屋に向かってインターフォンを鳴らすと、先に辿り着いていた根古谷がしれっとした顔で迎えてくれた。

「お邪魔します」

どきどきしながらあたりを見回す。

根古谷の部屋は今時の若者らしくシンプルで、目立つものは書棚とＤＶＤが収められた棚くらいのものだった。

書棚は前面に写真集っぽいものが面出しされ、ディスプレイっぽく飾られている。文庫本やハードカバーの本は作者順に収まっているようだ。

響の作品もそこに入っていて、何となく気恥ずかしさを覚えてしまう。

「君の部屋、ものが少ないんだね」

「響さんの部屋もそうだったじゃないですか」

「僕の場合、増えるのは本だけだから……電子書籍があれば何とかなるし」

「あ、前もそう言ってましたよね」

根古谷は相槌を打ちながら、ぱたぱたと冷蔵庫を開け閉めしている。

「お腹は空いてます？」

「僕は平気。お弁当出たし。ねこくんは？」

「俺も大丈夫です。じゃあ、何か飲みますか？」

「何かあったかいもの、ある？　買ってくればよかったね」

「待ってください。すぐできますよ」

お湯を沸かしているあいだに、根古谷は響のダウンと自分のコートを片づけてくれる。

五分ほど経ってから、根古谷はマグカップを二つ持ってきた。大きさも図柄もばらばらで、
その生活感が微笑ましかった。

「いい匂い」

「ハニージンジャーです。といっても、すり下ろした生姜に蜂蜜を入れただけですけど」

「今、すり下ろしたの？」

それにしては早業だと、響は受け取ったマグカップの中身の匂いを嗅ぐ。

「いいえ、冷凍で。風邪引いたときに効く気がして、冬場は作り置きしているんです」

「いいね、それ」

もっとも、いくら作り方を聞いたとしても響にはそれを実行する力はないのだが。

「気に入ったら言ってください。また作りますから」

「……うん」

さりげない言葉の中に、次への約束が混じる。

それが、とても嬉しくて。

根古谷も同じものを飲むことにしたらしく、向かい合わせに腰を下ろす。

「あんまり見ないでください。本棚ってその人の人格が出るみたいで恥ずかしいですよ」

「そうかな。じゃあ、僕の本も君の一部ってこと？」

「そうです。確実に影響されてるし、今もそうですから」

少しずつ相手に影響を与えているのだ。

二人の関わりは無意味なものでなく、有機的なものとなっている。

「僕もきっと、君がサインを頼んでくれたことが……きっと何かの糧《かて》になってると思う」

自分には支えてくれる読者がいる、そう信じていられるから。

その甘い液体を飲んでいるうちに、躰が熱くなってくる。

だって、目の前に根古谷がいるのだ。

途中で恨んでしまったりしたけれど、好きでたまらなかった相手が。

「あったまりました？」

溶けきらないで底に溜まっていた蜂蜜がもったいないなと思ってじっと見つめていると、唐突に根古谷に問われて響は顔を上げた。

「えっ？」

「躰」

「……わからない。でも……何だか……」

平常心で根古谷を見ていることが、できない。そんな響の動揺に気づいているらしく、彼は薄く笑った。

「じゃあ、お風呂先に使ってください」

「う、うん」

沸かしてくれたばかりのお風呂に入り、躰をしっかり洗う。

こういうときこそ、これまで読んできたＢＬの知識が役立つはずだ。途中で相手が入ってきたりすることもあるらしいが、根古谷はそういう大胆な行動には出ないようだ。

根古谷が出しておいてくれたスウェットに着替え、リビングでテレビを見ていた彼と交代する。

ちょうどニュースが終わってしまったところで、響の興味のある番組もない。

仕方なく、どこかそわそわしながら書棚に飾られていた自著を手に取った。

ぱらりと表紙を捲ったところに、遊び紙が入っている。そこに、見覚えのあるサインが書かれていた。

少しこなれてきた響のサインと、四年前の日付。

好きだと言ってくれたのは、本当だったのか。

ぎりぎりまでそのことを明かさなかった根古谷の気持ちが、響にもわかるような気がした。

「響さん？」

気づくと背後には根古谷が立っている。

根古谷自身は長袖Tシャツにやはりスウェットの下だけで、彼のスタイルのよさが強調されているようだった。

「ねこくん……」

日常に戻った根古谷の素の顔は、さっきまでのよそゆきのものと違っていた。

今、響しか見られない顔だって、わかる。

「俺の部屋、全然ロマンティックじゃなくてすみません。おまけにそのスウェット、なんか……古いし……その……」

珍しく根古谷が口籠もったので、彼も緊張しているのだろうなと想像がつく。

それだけで気持ちが解《ほぐ》れていく。

「そんなの、気にならないよ」

安堵したように肩の力を抜く根古谷が、妙に可愛く思えてくる。

「じゃ、寝室に来てください。シーツは替えたから」

「……うん」

今度は響のほうが、緊張しきった面持ちになった。


セミダブルベッドは広いとは言えなかったけれど、ぴったり重なっていれば十分なサイズだ。根古谷に押し倒されながら、響は今の専有面積はかなり小さいだろうなとどうでもいいことを考えてしまう。

そうでなくては、息が止まりそうになってしまうからだ。

少し、怖い。

「怖いですか？」

見透かしたように問われて、響は目を瞠った。

根古谷の瞳も真剣なので、怖いというよりは緊張しているだけだ。

「……ううん」

真っ白なシーツからは、洗剤の匂い。

響の家のそれとは違うのだと、嫌でも意識してしまう。

「本当に、いいんですか？」

「いいよ。三か月越しだもの」

「普通なら、自然消滅寸前ですね」

「うん……君の気が長かったことに感謝するよ」

「お互い様です」

「よかった。ねこくん、優しいね」

響は目を細めて、おそるおそる根古谷の頬に触れる。自分から彼に触れるのは、久しぶりだ。

「好きな人と一緒にいられるなんて、それだけで十分ロマンティックだ。すごいことだよね、これ……」

「響さん……！」

感極まったような声で言って、根古谷が響の唇を塞《ふさ》いできた。

「!?」

「可愛い……」

今まで交わしたキスと同じようで、また少し違う。

求めている。

長いあいだ離れていた人を、こうして。

切羽詰《せっぱつ》まったような、心から求められているとわかるような、キス。

貪《むさぼ》るようなキスって、こういうことを言うんだ……きっと。

唇がふやけてしまうのではないかと思うくらいにきつく吸われて、その合間に「舌、出して」と囁かれる。

「ん…？」

突き出した舌を唇で吸われ、響は目を丸くする。こんなやり方もあるなんて……知らない。

「ねこ…くん」

「響さんの舌、小さくて可愛い。唇も、ぜんぶ」

「ん…はずかしい……」

「可愛いです。あなたはどこもかしこも、すごく可愛い……」

根古谷はうっとりとした目で、響の舌を吸う。それから、つつくように自分の舌でノックしてくる。

頭がぼんやりと痺《しび》れてくる。

すごく、気持ちいい。

大人のキスをしているって、わかる……。

「ん…ん、ん」

酸欠になりそう……。

「大丈夫？」

顔を離した根古谷に問われ、響は慌てて頷いた。

「へいき……」

ほっとした様子で根古谷は笑うと、響のトップスに手をかける。

「それくらい自分で脱げるよ」

脱いだトレーナーをどうしようかと困っていると、根古谷がそれを受け取って床に落とした。普段は何ごとも丁寧な根古谷の意外な行動に、彼もまた待ちきれないのだとわかる気がした。

「痛かったり、怖かったりしたら言ってください」

「うん」

でも、痛いのも怖いのも平気だと思っている。

何があったとしても、それは、根古谷がすることだから。

こういうとき、小説ではどうするんだっけ？

……いや。

考えるよりも先に、根古谷が舌先でぞろりと響の首を舐め上げる。

「ふ…ぅ……」

それだけで息が弾んでくる。

食べられちゃいそうだ。

自分の躰がもしソフトクリームか何かでできているなら、もうとっくにどろどろになっている。

「ん、ふ……はあ……」

息とも声ともつかない変な音が唇から零れてきて、響はぴくぴくと震えてしまう。

「気持ちいい？」

「うん、たぶん…」

「たぶんって？」

「なんか……あつい……わかんない……」

躰の中心に熱が一直線に集まるようなイメージ。

息ができないくらいに、あたたかい。

「熱くしてるんです、俺が」

「器用だね、ねこくん……」

そんな他愛もないことを言っているうちに、どんどん息が上がっていく。

「ふ……う……くすぐった……」

舐められて、なぞられて、ときどきくすぐったくて小さく笑う。だが、その余裕もあっさり失い、膚に次々投下される微細な感覚に躰を捩ったりしているうちに、全身がどんどん汗ばんできた。

溶けちゃいそうだ。皮膚を全部舐められて、なくなってしまう気がする。

「ん……ん……んんっ」

乳首を舐められると、電流がぴくんと全身に走るようだった。

痺れる……。

「ちっちゃくて可愛いですね、響さんのこれ」

乳首をそんなふうに舌で執拗《しつよう》に転がされたら、飾りか何かのように刮《こそ》げて取れてしまうのではないか。

「熱い……あつぃよ……」

「俺も熱いです」

「だって……このまま、僕、なくなっちゃう……」

「大丈夫。なくなったりしないから」

根古谷は真剣な顔で告げると、さりげなく響のスウェットのズボンも脱がせてしまう。

「ほら、ここはあるし」

ぬるぬるになった性器を撫《な》でられて、びくっと震えた。

「ひゃっ……」

「ね、わかったでしょう?」

根古谷の細い指が性器に絡みつき、響のそれを優しく扱《しご》く。

「な、何で……こんな……やりかた……」

初めてではないのに、やっぱり触られると緊張する……。

「勉強したんです。響さんのこと、いっぱい気持ちよくできるように」

「そっか……」

「嫌、ですか？」

「ううん……うれし……すごく、きもち……いい……」

「よかった」

ほっとしたように告げた根古谷の息が、そこにかかる……え？

戸惑うまでもなく、それを口に含まれていた。

「あっ⁉　あ、まって……やだ、それ……やっ」

「嫌？」

「はずかし……ねこくん、いい、けど……はずかしい……」

「可愛い。もっと乱れてください。俺しか知らないあなたを見せて」

あたたかな口腔《こうこう》に包まれると、経験値がゼロに等しい響は、溜まりもなかった。

他人の手で快感を与えられる喜びに打ち震え、いつしか響は極みに上り詰めていた。

「……ああっ……」

小さく声を上げて、根古谷の口の中に放ってしまう。

「で、でちゃった……」

どうしよう。

あのときは暗がりだったけれど、今は違う。

恥ずかしくなって、響は顔を両手で覆う。

「…ふ……」

あのときと同じくらいに、恥ずかしい……。

「ごめんなさい。嫌でしたか？」

口許を拭いながら顔を上げた根古谷に問われ、真っ赤になったまま響は首を横に振った。

「先に進んで、いいですか？」

「……うん」

ここから先は知っている。根古谷と一つになるためには、必要なことなのだ。

根古谷はローションがないということで、オリーブオイルを選んだらしい。彼が瓶《びん》の蓋《ふた》を開けると、特有の匂いが部屋に広がった。

「何だか、お腹空くね」

「余裕ありますね、響さん」

「あるわけ……ッ……！」

声が上擦ったのは、根古谷の指が入り込んだからだ。

「力、抜けますか？」

「うん……やって、みる……っ」

「すごい……ちゃんと、広がりますね。練習したんですか？」

「してない…けど……ここに、ほしい…：…から……」

こんなふうに食べ物の匂いをさせながら行為に励むのでは、ロマンティックの対極だ。

確かに、男同士ではこちらを使うというのはわかっていたけれど……恥ずかしい……。

「は……ふ……」

「痛い？」

でも、すごく真剣な顔つきの根古谷が可愛くて、愛しくて。

早く一つになりたい。

早く、彼が欲しい。

「ううん……早く、したい…」

「え？」

「はやく、ねこくんと…：一つになりたい……」

切れ切れに訴えると、根古谷が真っ赤になった。

まさかこんな反応を見せられるとは思わず、響は目を瞠った。

「だ、だめ？」

「今、萌えの極致って感じでした」

「ほんと……？」

「はい」

呟いた根古谷が響から指を引き抜く。躰の圧迫感がなくなってふっと息を吐いたところで、全裸になった彼が脚《あし》を抱え込んだ。

「前から、とか大丈夫ですか？」

「わかんない……けど、がんばる……」

「一人で頑張らなくていいです」

ちゅっと額にキスをされ、響はぽうっと頬を上気させる。

「ふえ？」

「一緒に頑張るから。だから、苦しかったら言ってください」

「うん」

ふわっと笑った瞬間に躰が緩んだのか、そこに熱いものが押し当てられる。広がっていた部分にかなり強引に尖端《せんたん》が入り込んだ。

「う…っく……」

「平気？」

入ってくる……これが、根古谷なんだ。この熱くて、固くて、強そうな……。

響の内壁を拡《ひろ》げる強引さも持ち合わせていて。

ただ優しいだけじゃないところが、根古谷のすべてだ。

「うん、平気……きもちい……」

「本当に？」

根古谷を食《は》んだところが、じわっと熱く痺れている。

これを快感と言わずして何というのか、響にはわからなかった。

「わかんない、けど……ネガティブなことより……」

それよりも、ポジティブなことを言っておきたい。

そうしたほうがもっと、この行為を好きになれる。大事な時間を共有できるから。

「本当に、あなたは……可愛い……」

じゅぷじゅぷと音を立てて怖いくらいに深く入ってくるのに、拒めない。それどころかもっと奥まで挿《い》れてほしい。

響のすべてを暴いてほしい。

「もっと……きて……」

甘えるように訴えると、汗だくになっていた根古谷が驚いたように動きを止める。

「いいの？」

「うん、いまも、すごい……お腹、はいってて……くる……」

響は切れ切れに喘《あえ》ぎながら、言い募る。

「入らせて。あなたの中、もっと深く……」

根古谷は身を屈《かが》めてそうねだり、顔を隠してしまった響の両手を包み込む。そっと持ち上げられただけでなく、恭《うやうや》しい様子でキスをされる。真っ赤になった響が根古谷を見上げると、彼は繋がったまま優しく笑った。

「アッ、だめ、そこ、だめ……だめ……」

何がだめなのかわからないが、これ以上深く潜り込まれるとどうにかなってしまいそうだ。それくらいに、一つになるという行為は響を昂揚させた。

「動いて、いいですか？」

「ん……く……動ける…？」

こんなにぎちぎちに締めつけてしまっていて、果たして根古谷は動けるものなのだろうか。

「うん、きついけど、いい……響さんの中、とても熱い……」

ぽたり、と。

根古谷の汗が落ちてくる。

それが嫌なものではなく、それどころか、とても愛おしくて。

涙が出てくる。

「響さん⁉」

慌てたように根古谷が動きを止めたが、響は首を振った。

「違……ちがうんだ……すごく……」

「痛い？」

「好き」

身を屈めて聞いてくれた根古谷の首に両腕を回してしがみついてしまったものだから、体勢としてはかなり厳しい。

「響さん……」

根古谷が感極まったように言ったと同時に、腹の中のそれが大きくなるのがわかった。

——そうか。

求められているんだ。

心も躰も、ぜんぶ。

「好き……すき……」

「俺もです、すきです」

苦しげに訴える根古谷が自分を揺すぶってくる。

言葉もなく衝き上げられて、響も切れ切れに応じるばかりだ。

「あ、あっ……あ……はあっ……」

「好きだ……」

虚飾を取り去ったその声を聞いた途端に、響は達してしまっていた。

白濁を撒《ま》き散らす響の上で根古谷は躰を揺らし、小さく呻いて熱いものを放った。


「これ……やっぱり夢かなあ」

眠そうな声で根古谷が呟く。

セックスのあと、シャリーを浴びてTシャツ一枚になってだらだらとベッドでいちゃいちゃする——響にとっては理想的な事後の姿だ。

「あ……僕も夢かなって思ってた……」

彼の腕の中に収まった響がそう言うと、一つの枕を共有する根古谷は笑顔を作った。

「じゃあ、言いますけど、夢じゃないです」

「うん、だから君のも夢じゃない」

「よかった……」

ほっとした様子の根古谷が響の頬を撫でる。

何気ない睦《むつ》み合いがとても心地よい。

「あなたに会えたこと、感謝しています」

「え？」

「初心を取り戻しました。諦めたくない。演じるのが好きだってやっとわかりました。それは、どんなことをしても物語を紡ぐ人でいたいって足掻《あが》く、あなたを見たからです」

照れくさくなってきたが、根古谷が嘘をつかないであろうことは何となくわかっている。何の価値もない、レシートの裏に書かれたサインを取っておいてくれたこと自体が、彼の誠実な人柄を反映していた。

「僕も、君に会えたから前に進めたんだ。だから、君と何か作ってみたい。今度のオーディションは無理かもしれないけど……きっといつか、何かできる」

「楽しみにしています」

できることなら、根古谷と何かを創り上げたい。そういう喜びも味わいたい。

「どちらにしても、君とのことは玉崎さんに相談しなくちゃいけないし」

「知られちゃって、いいんですか？」

「君が有名になれば、自然にばれちゃうと思う」

「でも」

響を気遣ってくれているらしく、根古谷は躊躇《ちゅうちょ》を露《あらわ》にする。

「平気、もう怖くないよ。僕は君が必要なんだもの。好きっていう気持ちを隠せるほど、器用じゃないし……もしかしたら小説から見え透いちゃうかもしれないし」

響が悪戯っぽく言うと、根古谷は「そうですね」と納得した様子で頷いてくれる。

「じゃあ、記者会見をするときは俺も同席しますから」

「当然だよ。君は僕の恋人……ううん、花婿なんだから」

「どっちでもいいですけど、とにかく、末永くよろしくお願いします」

嬉しげに微笑む根古谷を見ていると、自分もまたこのうえなく幸せになれる。

花婿をレンタルするなんて荒唐無稽《こうとうむけい》だったけれど、結果的に自分は花嫁を娶《めと》ってしまったのかもしれない。いや、もしかしたら花嫁は自分かもしれないけど……上手くいったのだから、この際、どちらでもいいか。

花婿さん、お借りしました。もうお返しできません。

根古谷を選んだ小嶋の慧眼《けいがん》には感謝しているが、レンタルはこの際無期限にしてもらおう。

運命の人に巡り会えた喜びを堪えきれず、響は自分から根古谷の唇にキスをした。

あとがき

このたびは『花婿さん、お借りします』をお手にとってくださってありがとうございます。本作は花嫁・花婿レンタルサービスものの第二弾となります。前作は『花嫁さん、お貸しします』（挿絵・神田猫様）でしたが、同じ会社が派遣しているというだけで内容的には関連性がありません。そちらもゆるゆるとした甘々な作品ですので、興味のある方はぜひ。

今回もほわっと可愛いお話になるといいなあと思って書き始めたら、予想以上にピュアなテイストになって自分でも驚いてしまいました。とはいえ細かいことは考えずに、二人の疑似新婚生活を少しでも楽しんでいただけますと幸いです。この話は難しいことは取っ払ってカップルのいちゃいちゃを書きたいという内容なので……！

年下攻は滅多に書かないのですが、今回の二人はバランスがいいのか、とても楽しんで書きました。こういうカップルもたまにはいいものですね。

近況としては、相変わらずぽつぽつと山に登っています。とはいえ、一年に数回しか登れないのでまだまだ初心者の域から出られず、下山までいつも必死です。いつか縦走してみたいのですが、そのためにはまずは体力作りをしなくては……。あと、帰ってきてからしばらくは筋肉痛がひどいので、それも踏まえてお休みを取らなくてはいけないのが難点です（笑）。

恒例ですが、お世話になった皆様にお礼を。

挿絵を描いてくださった花小蒔朔衣様。今回もキュートで甘いイラスト、どうもありがとうございました！　美人で犬のねこくんと年上なのに可愛い響、キャララフから完成原稿まで、毎回舐めるように堪能いたしました。素敵なイラストを描いていただけるのは執筆の大きな原動力になるなる、としみじみ思いました。

編集部の岡本様、荒川様、デザイナーのタカノリナ様、校正、印刷、そのほか関係者の皆様、今回も大変お世話になりました。

そして何よりも、この本を手にとってくださった読者の皆様に厚く御礼申し上げます。

また次の本でお目にかかれますと幸いです。

和泉　桂

✦初出　花婿さん、お借りします……………書き下ろし

和泉桂先生、花小蒔朔衣先生へのお便り、本作品に関するご意見、ご感想などは
〒151-0051 東京都渋谷区千駄ヶ谷 4-9-7
幻冬舎コミックス　ルチル文庫「花婿さん、お借りします」係まで。

幻冬舎ルチル文庫
花婿さん、お借りします

2015年9月20日　第1刷発行

✦著者　和泉 桂　いずみ かつら

✦発行人　石原正康

✦発行元　株式会社 幻冬舎コミックス
〒151-0051 東京都渋谷区千駄ヶ谷 4-9-7
電話 03(5411)6431［編集］

✦発売元　株式会社 幻冬舎
〒151-0051 東京都渋谷区千駄ヶ谷 4-9-7
電話 03(5411)6222［営業］
振替 00120-8-767643

✦印刷・製本所　中央精版印刷株式会社

✦検印廃止

万一、落丁乱丁のある場合は送料当社負担でお取替致します。幻冬舎宛にお送り下さい。本書の一部あるいは全部を無断で複写複製(デジタルデータ化も含みます)、放送、データ配信等をすることは、法律で認められた場合を除き、著作権の侵害となります。

定価はカバーに表示してあります。

©IZUMI KATSURA, GENTOSHA COMICS 2015
ISBN978-4-344-83533-7　C0193　Printed in Japan

本作品はフィクションです。実在の人物・団体・事件などには関係ありません。

幻冬舎コミックスホームページ　http://www.gentosha-comics.net